沈从文与我

黄永玉

CTS

湖南美术出版社

博集天卷
CS-BOOKY

序言

穿过洞庭，翻阅一本大书

——沈从文与黄永玉的故事

李辉

"文革"后期，沈从文在黄永玉位于京新巷的家中

《沈从文与我》看似一本小书，历史内涵却极为丰富，文化情怀与亲友情感，呼应而交融，呈现出无比灿烂的生命气象。因为，沈从文与黄永玉之间的故事，实在是一本不可多得的厚重之书。

且让我们先读读他们两个家庭的渊源，读读他们叔侄之间的故事。

翻开这本小书，我们读一部大书。

常德的浪漫

黄永玉与沈从文的亲戚关系相当近。沈从文的母亲，是黄永玉祖父的妹妹，故黄永玉称沈从文为表叔，近一个世纪时间里，两家关系一直非常密切。其中，还有一个特别重要的原因——沈从文亲历了黄永玉父母相识、相爱的全过程，并在其中扮演着一个特殊角色。

一九二二年的湖南常德，一个小客栈里寄宿着两个来自凤凰的年轻漂泊者，一个是沈从文，另一个是他的表兄黄玉书。沈喜爱文学，黄喜爱美术。在沈从文眼里，这位表兄天性乐观，即便到了身无分文拖欠房租，被客栈老板不断催着他们搬走的境地，他依然于自嘲中表现出诙谐与玩世不恭。根据沈从文的回忆，黄玉书结识了同样来自凤凰的姑娘杨光蕙——凤凰苗乡得胜营人氏，任常德女子学校美术教员——两人很快恋爱了。

关于黄玉书的这一感情进展，沈从文说得颇为生动形象："表兄既和她是学美术的同道，平时性情洒脱到能一事不做整天唱歌，这一来，当然不久就成了一团火，找到了他热情的寄托处。"更有意思的是，沈从文说他开始替表兄写情书。每天回到客栈，表兄就朝沈从文不停作揖，恳请他为自己代笔向杨姑娘写信。沈从文在湘西从军期间，曾是长官的文书，代为起草文件，偶尔还为人书写碑文。当读到这篇《一个传奇的本事》时，我们方知他还是表兄的情书代写者。谁想到，在一九二三年前往北京闯荡社会走进文坛之前，他竟是在这样的情形下，开始了文学写作的预习。

就这样，两个相爱的凤凰人，在另一个凤凰人的帮助下，品尝着浪漫的爱情滋味。一九二三年，沈从文离开常德，独自一人前往北京，开始他的文学之旅。表兄说得不错，几年之后，他所欣赏的表弟真的成了文坛的新星。

沈从文走后，黄玉书仍留在常德。同一年，黄玉书与杨光蕙在常德结婚。一年后，一九二四年八月九日（农历七月初九），他们的长子在常德出生。几个月后，黄永玉夫妇将长子带回凤凰。

不用说，这个孩子就是黄永玉。

漂泊中"翻阅大书"

世上能让黄永玉心悦诚服的人并不多。但在为数不多的几个人中，沈从文无疑排在最前面。多年来与黄永玉聊天，我听到他提得最多、语气颇为恭敬的，总是少不了沈从文。在黄永玉与文学的漫长关联中，沈从文无疑是极为重要的一环。

我认识黄永玉其实与沈从文有关。一九八二年，在采访全国文联大会时我认识了沈从文，随后去他家看他，在那里第一次读到黄永玉写他的那篇长文《太阳下的风景》。看得出来，沈从文很欣赏黄永玉。我的笔记本上有一段他的谈话记录，他这样说："黄永玉这个人很聪明，画画写文章靠的是自学，他的风格很独特，变化也多。"当时，我主要研究现代文学，对沈从文、萧乾有很大兴趣。这样，我也就从沈从文那里要到了黄永玉的地址。由此相识，几近三十年。

不少人写过沈从文，但写得最好的是黄永玉。一九七九年岁末，黄永玉完成了长篇散文《太阳下的风景》，文章的最后一段话，让人产生丰富的想象，感触良多：

"我们那个小小山城不知由于什么原因，常常令孩子们产生奔赴他乡的献身的幻想。从历史角度看来，这既不协调且充满悲凉，以至表叔和我都是在十二三岁时背着小小包袱，顺着小河，穿过洞庭去'翻阅另一本大书'的。"（《太阳下的风景》）

的确，他们两个人有那么多的相似。

他们都对漂泊情有独钟。沈从文随着军营在湘西山水里浸染个透，然后独自一人告别家乡，前往北京。黄永玉也早早离开父母，到江西、福建一带流浪。两人在漂泊中成长，在漂泊中执着寻找打开艺术殿堂大门的钥匙。

两人有很大不同。沈从文到达北京之后，就基本上确定了未来的生活道路，并且在几年之后，以自己的才华得到了徐志摩、胡适的青睐，从而，一个湘西"乡下人"，在以留学欧美知识分子为主体的"京派文人"中占据了重要的一席之地。黄永玉则不同。由于时代、年龄、机遇和性格的差异，他还不像沈从文那样，一开始就有一种既定目标。他比沈从文的漂泊更为频繁，眼中的世界也更为广阔。在十多年时间里，江西、福建、上海、香港、台湾……他差不多一直在漂泊中，很难在一个地方停留多少日子。漂泊中，不同的文学样式、艺术样式，都曾吸引过他，有的也就成了他谋生的手段。正是在一次次滚爬摔打之后，他变得更加成熟起来。在性情上，在适应能力上，他也许比沈从文更适合于漂泊。

"他不像我，我永远学不像他，我有时用很大的感情去咒骂、去痛恨一些混蛋。他是非分明，有泾渭，但更多的是容忍和原谅。所以他能写那么多的小说。我不行，忿怒起来，连稿纸也撕了，扔在地上践踏也不解气。"黄永玉曾这样将自己和沈从文进行比较。

"生命正当成熟期"

是沈从文给黄永玉起了"黄永玉"这个笔名。

一九四六年前后，黄永玉最初发表作品时是用本名"黄永裕"。沈从文说，"永裕"不过是小康富裕，适合于一个"布店老板"而已，"永玉"则永远光泽明透。接受表叔建议，黄永玉在发表作品时，不再用"黄永裕"而改为"黄永玉"。从此，"黄永玉"这个名字得以确定，沿用至今，本名反倒不大为人所知了。

沈从文对黄永玉的影响，在我看来，并不在于文学创作的具体而直接的影响与传承，因为两个人的文学理

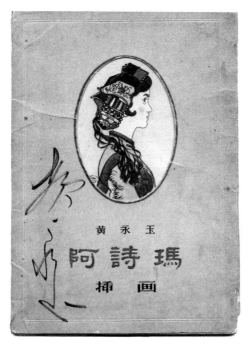

一九五七年《阿诗玛》插图集出版，书名为沈从文所题

一九六〇年黄永玉为沈从文的专著《龙凤艺术》画的封面

念、风格，其实有着一定差异。我更看重的是，他们之间更为内在的一种文学情怀的关联，一种对故乡的那份深深的眷念。

黄永玉回忆过，他儿时曾在凤凰见过沈从文一面，即沈从文一九三四年回故乡探望重病中的母亲，以给张兆和写信的方式创作《湘行散记》之际。黄永玉当时只有十岁，匆匆一见，只问一声"你坐过火车吗"，听完回答转身跑开而已。

抗战胜利之后，在北平的沈从文意外得知，表兄的儿子已经成为木刻家，活跃于上海木刻界。从此，漂泊在外的表侄二人，开始有了联系与交往。

一九四七年初，黄永玉将四十余幅木刻作品寄至北平，希望得到表叔的指点。《一个传奇的本事》即是在这一背景下写作的，这是目前所见沈从文对黄永玉其人其画的最早涉及。

沈从文当年不仅本人欣赏与喜爱黄永玉的木刻，还将他推荐给自己的朋友和学生，如萧乾、汪曾祺等人，希望他们予以帮助和支持。此时，黄永玉刚刚走进上海，在木刻艺术界崭露头角，沈从文的这一举荐，无疑丰富了黄永玉的文化人脉，对其事业发展起到了一定推动作用。一九四七年在上海，汪曾祺与他开始成为好朋友；一九四八年在香港，萧乾促成黄永玉在香港大学举办了一生中的第一次画展。于是，年轻的黄永玉，在一个更大的舞台上脱颖而出，赫然亮相。

从容

"文革"刚刚结束，黄永玉便把沈从文作为他第一个用心描述的"比我老的老头"，绝非偶然。他们之间，实在有太多的历史关联。换句话说，在黄永玉的生活中，表叔一直占据着颇为重要的位置。三十多年时间里，他们生活在同一城市，有了更多的往来、倾谈、影响。

在我的藏书中，有两本有意思的书与他们叔侄有关。一本是一九五七年黄永玉出版的插图集《阿诗玛》，为该书题签的是沈从文，而且是用不大常见的隶书；另一本是一九六〇年沈从文出版的专著《龙凤艺术》，封面上的苗族妇女速写，是黄永玉专门为此书而画。两本互有关联，恰是那一时期两代凤凰人的文化唱和。

同在一座城市生活，沈从文与黄永玉来往频繁，颇有惺惺相惜之感。沈从文的侄女沈朝慧（后由沈从文抚养）

不止一次告诉我，五十年代以来，在亲友中，沈从文与黄永玉关系最亲近。一次，沈朝慧这样对我说：

爸爸和表哥关系一直很好，很融洽。表哥从香港到北京后，我们两家来往最多，每个星期都要聚。我是一九五九年"十一"从凤凰来跟着爸爸的。六十年代，我经常陪爸爸去表哥家。当时，我们住在东堂子胡同，他们住在北京站旁边的罐儿胡同，离得不远，沿着南小街一会儿就走到。妈妈出差，或者参加"四清"去了，我们就去得更多了。爸爸很喜欢和表哥在一起。因为，在我们家里，饭桌上吃饭，妈妈和哥哥们，喜欢谈些社会上的、政治上的事，大哥那时比较幼稚，经常与爸爸辩驳，二哥偶尔也插嘴附和。我向来不关心政治，也不相信任何事。那个时候，爸爸在家里很难沟通，他的情绪一直也很压抑。

老太太晚年有很大改变，变得开朗了。其实，她也很不容易。做一个名人的妻子，很难。"文革"期间，他们相互能谅解，与过去不一样了。

表哥从一开始就与我们家里的人不一样，他总是与爸爸聊很具体的生活的事情，讲开心的事，让爸爸高兴。

表哥也很关心爸爸。有了稿费，就买个圆桌子送来。六十年代，知道爸爸喜欢听音乐，就买个大的电子管的收音机送过来。

（二〇〇八年二月十四日与李辉的谈话）

　　亲情、方言、熟悉的故乡、相同的非党艺术家身份……多种因素使得他们两人少有隔阂，交谈颇深，哪怕在政治运动此起彼伏的日子里，往来也一直延续着。艰难日子里，正是彼此的相濡以沫，来自湘西的两代人，才有可能支撑各自的文化信念而前行。

　　沈从文是黄永玉写得最多、也是写得最丰富生动的一个人物。他钦佩表叔精神层面的坚韧，欣赏表叔那种从容不迫的人生姿态。他写表叔，不愿意用溢美之词，更不愿意将其拔高至如伟人一般高耸入云。《太阳下的风景》《这些忧郁的碎屑》《平常的沈从文》……他以这样的标题，多层面地写活了一个真实、立体的沈从文。

　　在黄永玉笔下，沈从文平常而从容，总是怀着美的情怀看待这个世界。因热爱美，沈从文才执着于对美的研究。过去，他倾心于文学创作，在《边城》和《湘行散记》等一系列作品中，升华生活之美，渲染或营造心中向往之美；如今，在远离文学创作之后，他又将古代服饰研究转化为对美的发掘。拥有此种情怀的沈从文，与黄永玉有另外一种与众不同的交流。

从容，欣赏美，沉溺于创造，这样的沈从文，竖起一个高高的人生标杆。

沈从文写"黄家前传"

姓黄？姓张？哪怕到了八十几岁，黄永玉自己也说不准确黄家姓氏。自儿时起，他听前辈说过，他们黄家原本姓张，但为什么后来改姓黄，黄家的人死后的墓碑上为什么照例刻上"张公"而非"黄公"，原因不明。

不过，沈从文"文革"期间偶然一次"心血来潮"，开始写一部长篇小说，第一章题为《来的是谁？》——"黄家前传"浮出水面。

这是沈从文一次特殊的文学创作冲动——借写黄永玉家族而写湘西的历史沧桑。

一九七一年，沈从文从湖北咸宁文化部的干校，致信河北磁县干校的黄永玉。据沈从文信中所述，黄永玉之前曾致信表叔，建议表叔以小说来写"家史及地方志"。黄永玉没有想到，表叔真的听从他的建议，劳动之余开始动笔，很快写出长篇小说的第一章，并且是以黄家故事开篇。在写给黄永玉以及黑蛮、黑妮"两小将"的信中，他充分论述对以小说写历史、写故事的文学见解，自信但不免又有些忐忑不安，对能否完成小说，前景不敢乐观。

沈从文远比黄永玉更熟悉黄家自身故事。黄永玉的曾祖父是沈从文的外公，沈从文前往北京进入文坛之前，陪伴沈从文一同漂泊湘西的又是黄永玉的父亲。黄家的渊源，想必曾是两位表兄弟滞留洞庭湖时的话题。沈从文对黄家家世的追根求源，好像有着特殊兴趣，尽管许多年过去了，以黄家家世来写一部小说的愿望，却在沈从文心中一直没有消失。如今，在咸宁"五七干校"劳动时，他终于找到了重续文学之梦的最好方式：为黄家写一部小说。

黄永玉至今难忘当年收到沈从文小说手稿的情景。

时在一九七一年六月上旬，在"五七干校"劳动的黄永玉，突然收到沈从文厚厚一叠邮件：

我打开一看，原来是有关我黄家家世的长篇小说的一个楔子《来的是谁》，情调哀凄且富于幻想神话意味。……那种地方、那个时候、那种条件，他老人家忽然正儿八经用蝇头行草写起那么从容的小说来？……解放以后，他可从未如此这般地动过脑子。……于是，那最深邃的，从未发掘过的儿时的宝藏油然浮出水面。这东西既大有可写，且不犯言涉，所以一口气写了八千多字。

一部未竟长篇小说的开篇，一位老人不期而至，又飘然而去，渲染出神秘、魔幻的气氛，"姓黄还是姓张"的悬念，留给小说中的黄家人。

"姓黄还是姓张？"沈从文的小说没有给出答案。

姓黄还是姓张？是否能够找出真实答案，也许真的不重要。人们知道的是，后来，二十几岁的黄永玉，与一位广东姑娘梅溪恋爱结婚。梅溪恰好姓张。

有意或无意，"黄"与"张"融为了一体。

沈从文刚刚动笔写的这一的史诗般小说，很快，一九七一年九月，林彪"折戟沉沙"的历史事件忽然发生，中国局势随后缓解，滞留在"五七干校"的沈从文等人，开始陆续返京。回到北京，沈从文有了集中精力撰写古代服饰史的可能。这或许是小说只写一个开篇，便戛然而止的直接原因。

黄家史和故乡风俗史无法再现了。对于沈从文，对于黄永玉，都是一大遗憾。

故乡，太阳下的风景

一九八二年，黄永玉带着八十岁的沈从文一起回凤凰，住在位于白羊岭的黄家。这是沈从文的最后一次故乡行。六年后，沈从文去世，骨灰送回故乡，安葬在凤凰城郊一处幽静山谷。沈从文墓地的一块石碑上，镌刻着黄永玉题写的一句话："一个士兵，要不战死沙场，便是回到故乡。"

沈从文翻阅过的人生大书，从此合上。他永远融进了故乡太阳下的风景。

年过九旬的黄永玉，还在翻阅他的人生大书，一部正在写作中的《无愁河的浪荡汉子》延续着故乡情怀。他不止一次说过，这部小说，如果沈从文能看到，一定很喜欢，也一定会在上面改来改去。如今，坐在书桌前的黄永玉，仿佛仍能感受到沈从文的关切目光，一直连载着的这部长篇小说中，仍能听到熟悉的声音，看到熟悉的身影在闪动。

一部大书，在延续……

定稿于二〇一五年二月六日，北京

目录

上 从文表叔

2 太阳下的风景

42 这些忧郁的碎屑

132 平常的沈从文

下 黄家故事

150 一个传奇的本事

188 来的是谁

210 这里的人只想做事

222 『要鼓励永玉多做点事』

230 我的存在好像奇迹

一九五零年，黄永玉自香港前来北京探望表叔，与表叔在沈家门口合影，拍摄者为诗人冯至

上

从文表叔

太阳下的风景

　　从十二岁出来，在外头生活了将近四十五年，才觉得我们那个县城实在是太小了。不过，在天涯海角，我都为它骄傲，它就应该是那么小，那么精致而严密，那么结实；它也实在是太美了，以至以后的几十年我到哪里也觉得还是我自己的故乡好。原来，有时候，还以为可能是自己的偏见，最近两次听到新西兰的老人艾黎说："中国有两个最美的小城，第一是湖南凤凰，第二是福建的长汀……"他是以一个在中国生活了将近六十年的老朋友说这番话的，我真是感激而高兴。

　　我那个城，在湘西靠近贵州省的山坳里。城一半在起伏的小山坡上，有一些峡谷，一些古老的森林和草地，用一道精致的石头城墙上上下下地绣起一个圈来圈住。圈外头仍然那么好看，有一座大桥，桥上层叠着二十四间住家的房子，晴天里晾着红红绿绿的衣服，桥中间是一条有瓦顶棚的小街，卖着奇奇怪怪的东西。桥下游的河流拐了一个弯，有学问的设计师在拐弯的地方使尽了本事，盖了一座万寿宫，宫外左侧还点缀一座小白塔。于是，成天就能在桥上欣赏好看的倒影。

城里城外都是密密的、暗蓝色的参天大树，街上红石板青石板铺的路，路底有下水道，蔷薇、木香、狗脚梅、橘柚，诸多花果树木往往从家家户户的白墙里探出枝条来。关起门，下雨的时候，能听到穿生牛皮钉鞋的过路人叮叮叮地从门口走过。还能听到庙檐四角的"铁马"风铃叮叮当当的声音。下雪的时候，尤其动人，因为经常一落即有二尺来厚。

最近我在家乡听到一位苗族老人这么说，打从县城对面的"累烧坡"半山下来，就能听到城里"哄哄哄"的市声，闻到油炸粑粑的香味。实际上那距离还在六七里之遥。

城里多清泉，泉水从山岩石缝里渗透出来，古老的祖先就着石壁挖了一眼一眼壁炉似的竖穹，人们用新竹子做成的长勺从里头将水舀起来。年代久远，泉水四周长满了羊齿植物，映得周围一片绿，想起宋人赞美柳永的话："有井水处必有柳词"，我想，好诗好词总是应该在这种地方长出来才好。

我爸爸在县里的男小学做校长，妈妈在女小学做校长。妈

凤凰 （ 黄永玉 摄 ）

妈和爸爸都是在师范学校学音乐美术的，不知道什么时候爸爸用他在当地颇有名气的拿手杰作通草刻花作品去参加了一次"巴拿马赛会"（天晓得是一次什么博览会），得了个铜牌奖，很使他生了一次大气（他原冀得到一块大金牌的）。虽然口味太高，这个铜牌奖毕竟使他增长了怀才不遇的骄傲快感。这个人一直是自得其乐的。他按得一手极复杂的大和弦风琴，常常闭着眼睛品尝音乐给他的其他东西换不来的快感。以后的许多潦倒失业的时光，他都是靠风琴里的和弦与闭着的眼睛度过的。我的祖母不爱听那些声音，尤其不爱看我爸爸那副"与世无争随遇而安"的神气，所以一经过聒噪的风琴旁边时就嘟嘟囔囔，说这个家就是让这部风琴弄败的。可是这风琴却是当时本县唯一的新事物。

妈妈一心一意还在做她的女学校校长，也兼美术和音乐课。从专业上说，她比爸爸差多了，但人很能干，精力尤其旺盛。每个月都能从上海北京收到许多美术音乐教材。她教的舞蹈是很出色而大胆的，记得因为舞蹈是否有伤风化的问题和当地的行政长官狠狠地干过几仗，而都是以她的胜利告终。她第一个剪短发，第一个穿短裙，也鼓励她的学生这么做。在当时的确是颇有胆识的。

看过几次电影，《早春二月》里那些歌，那间学校，那几位老师，那几株桃花李花，多么像我们过去的生活！

再过一段时候，爸爸妈妈的生活就寥落了，从外头回来

沈从文在母校的教室

黄永玉在母校的教室

的年轻人代替了他们。他们消沉、难过，以为是某些个人对不起他们。他们不明白这就是历史的规律，后浪推前浪啊！不久，爸爸到外地谋生去了，留下祖母和妈妈支撑着摇摇欲坠的自古相传的"古椿书屋"。每到月底，企盼着从外头寄回来的一点点打发日子的生活费。

有一天傍晚，我正在孔庙前文星街和一群孩子进行一场简直像真的厮杀的游戏，忽然一个孩子告诉我，你们家来了个北京客人！

我从来没亲眼见过北京客人。我们家有许许多多北京上海的照片，那都是我的亲戚们寄回来让大人们觉得有意思的东西，对孩子来说，它又不是糖，不是玩意儿，看看也就忘了。这一次来的是真人，那可不是个随随便便的事。

这个人和祖母围着火炉膛在矮凳上坐着，轻言细语地说着话，回头看见了我。

"这是老大吗？"那个人问。

"是呀！"祖母说，"底下还有四个咧！真是旺丁不旺财啊！"

"喂！"我问，"你是北京来的吗？"

"怎么那样口气？叫二表叔！"祖母说，"是你的从文表叔！"

我笑了，在他周围看了一圈，平平常常，穿了件灰布长衫。

"嗯……你坐过火车和轮船？"

他点点头。

"那好！"我说完马上冲出门去，继续我的战斗。一切一切都那么淡漠了。

几年以后，我将小学毕业，妈妈叫我到四十五里外的外婆家去告穷，给骂了一顿，倒也在外婆家住了一个多月。有一天，一个中学生和我谈了一些很深奥的问题，我一点也不懂，但我即将小学毕业，不能在这个中学生面前丢人，硬着头皮装着对答如流的口气问他，是不是知道从凤凰到北京要坐几次轮船和几次火车？

他好像也不太懂，这叫我非常快乐。于是我又问他知不知道北京的沈从文，他是我爸爸的表弟，我的表叔。

"知道！他是个文学家，写过许多书，我有他的书，好极了，都是凤凰口气，都是凤凰事情，你要不要看？我有，我就给你拿去！"

他借的一本书叫作《八骏图》，我看了半天也不懂。"怎

文星街(黄永玉 绘)

老古椿书屋（黄永玉 绘）

么搞的？见过这个人，又不认得他的书？写些什么狗皮唠糟的事？老子一点也不明白……"我把书还给那个中学生。

"怎么样？"

"唔、唔、唔。"

许多年过去了。

我流浪在福建德化山区里，在一家小瓷器作坊里做小工。我还不明白世界上有一种叫作工资的东西，所以老板给我水平极差的三顿伙食已经十分满足。有一天，老板说我的头发长得已经很不像话，简直像个犯人的时候，居然给了我一块钱。我高高兴兴地去理了一个"分头"，剩下的七角钱在书店买了一本《昆明冬景》。

我是冲着"沈从文"三个字去买的。钻进阁楼上又看了半天，仍然是一点意思也不懂。这我可真火了。我怎么可以一点也不懂呢？就这么七角钱？你还是我表叔，我怎么一点也不明白你在说些什么呢？七角钱，你知不知道我这七角钱要派多少用场？知不知道我日子多不好过？我可怜的七角钱……

德化的跳蚤很多，摆一脸盆水在床板底下，身上哪里痒就朝哪里抓一把，然后狠狠往床下一摔，第二天，黑压压一盆底跳蚤。

德化出竹笋，柱子般粗一根，山民一人扛一根进城卖掉买盐回家。我们买来剁成丁子，抓两把米煮成一锅清粥，几个小孩一口气喝得精光，既不饱，也不补人，肚子给胀了半天，胀完了，和没有吃过一样。半年多，我大腿跟小腿都肿了起来，脸也肿了；但人也长大了……

我是在学校跟一位姓吴的老师学的木刻，我那时是很自命不凡的，认为既然刻了木刻，就算是有了一个很好的倾向了。听说金华和丽水的一个木刻组织出现，就连忙把自己攒下来的一点钱寄去，算是入了正道，就更是自命不凡起来，而且还就地收了两个门徒。

堪惋惜的是，那两位好友其中之一给拉了壮丁，一个的媳妇给保长奸污受屈，我给他俩报了仇，就悄悄地离开了那个值得回忆的地方，不能再回去了。

在另一个地方遇见了一对夫妇，他们善心地收留我，把我当作自己的孩子一样照顾，这个家真是田园诗一样善良和优美。我就住在他们收藏极丰富的书房里，那些书为我所有，我贪婪地吞嚼那些广阔的知识。夫妇俩给我文化上的指引，照顾我受过伤的心灵，生怕伤害了我极敏感的自尊心，总是小心地用商量的口气推荐给我系统性的书本。

"你可不可以看一下威尔斯的《世界史纲》，你掌握了这一类型的各种知识，就会有一个全局的头脑。你还可以看看他

一九三四年，沈从文回乡拍摄的凤凰虹桥，这是他唯一的一幅风景摄影作品

写书的方法……"

"我觉得你读一点中外的历史、文化史，你就会觉得读起别的书来更有本领，更会吸收……"

"……莱伊尔的《普通地质学》和达尔文《在贝尔格军舰上的报告书》之类的书，像文学一样有趣，一个自然科学家首先是个文学家这多好！是不是？"

"……波特莱尔是个了不起的诗人，多聪明机智，是不是？但他的精神上是有病的，一个诗人如果又聪明能干，精神又健康多好！"

"不要光看故事，你不是闲人；如果你要写故事，你怎么能只做受感动的人呢？要抓住使人感动的许许多多的艺术规律，你才能够干艺术工作。你一定做得到……"

将近两年，院子的红梅花开了两次，我背着自己做的帆布行囊远远地走了，从此没有再回到那个温暖的家去。他们家的两个小孩都已长大成人，而且在通信中知道还添了一个美丽的女孩。这都是将近四十年前的往事了。我默祷那些活着的和不在人世的善良的人过得好，好人迟早总是有好报的，遗憾的是，世上的许多好人总是等不到那一天……

在两位好人家里的两年，我过去短短的少年时光所读的书本一下子都觉醒了，都活跃起来。生活变得那么有意思，几乎是，生活里每一样事物，书本里都写过，都歌颂或诅咒过。每一本书都有另一本书做它的基础，那么一本一本串联起来，自古到今，成为庞大的有系统的宝藏。

以后，我拥有一个小小的书库，其中收集了从文表叔的几乎全部的著作。我不仅明白了他书中说过的话，他是那么深刻地了解故乡土地和人民的感情，也反映出他青少年时代储存的细腻的观察力和丰富的语言的魅力，对以后创作起过了不起的作用。对一个小学未毕业的人来说，这几乎是奇迹。人确实是可以创造奇迹的。

抗日战争胜利后我只身来到上海，生活困难得相当可以了，幸好有几位前辈和好友的帮助和鼓舞，正如伊壁鸠鲁说过的"欢乐的贫困是美事"，工作还干得颇为起劲。先是在一个出版社的宿舍跟一个朋友住在一起，然后住到一座庙里，然后又在一家中学教音乐和美术课。那地方在上海的郊区，每到周末，我就带着一些刻好的木刻和油画到上海去，给几位能容忍我当时年轻的狂放作风的老人和朋友们去欣赏。记得曾经有过一次要把油画给一位前辈看看的时候，才发现不小心早已把油画遗落在公共汽车上了。生活穷困，不少前辈总是一手接过我的木刻稿子一手就交出了私人垫的预支稿费。记得一位先生在一篇文章里写过这样的话："大上海这么大，黄永玉这么小。"天晓得我那时才二十一岁。

我已经和表叔沈从文开始通信。他的毛笔蝇头行草是很著名的，我收藏了将近三十年的来信，好几大捆，可惜在令人心疼的前些日子，都散失了。有关传统艺术系统知识和欣赏知识，大部分是他给我的。那一段时间，他用了许多精力在研究传统艺术，因此我也沾了不少的光。他为我打开了历史的窗子，使我有机会沐浴着祖国伟大传统艺术的光耀。在一九四六年或是一九四七年，他有过一篇长文章谈我的父母和我的行状，与其说是我的有趣的家世，不如说是我们乡土知识分子在大的历史变革中的写照。表面上，这文章有如山峦上抑扬的牧笛与江流上浮游的船歌相呼应的小协奏，实质上，这文章道尽了旧时代小知识分子与小山城相互依存的哀哀欲绝的悲惨命运。我在傍晚的大上海的马路上买到了这张报纸，就着街灯，一遍又一遍地读着，眼泪湿了报纸，热闹的街肆中没有任何过路的人打扰我，谁也不知道这哭着的孩子正读着他自己的故事。

朋友中，有一个是他的学生，我们来往得密切，大家虽穷，但都各有一套整脚的西装穿在身上。记得他那套是白帆布的，显得颇有精神。他一边写文章一边教书，而文章又那么好，使我着迷到了极点。人也像他的文章那么洒脱，简直是浑身的巧思。于是我们在"霞飞路"来回地绕圈，话没说完，又从头绕起。和他同屋的是一个报社的夜班编辑，我就睡在那具夜里永远没有主人的铁架床上。床年久失修，中间凹得像口锅子。据我的朋友说，我窝在里面，甜蜜得像个婴儿。

那时候我们多年轻，多自负，时间和精力像希望一样永远用不完。我和他时常要提到的自然是"沈公"。我以为，最了解最敬爱他的应该是我这位朋友。如果由他写一篇有关"沈公"的文章，是再合适也没有的了。

在写作上，他文章里流动着从文表叔的血型，在文字功夫上他的用功使当时大上海许多老人都十分惊叹。我真为他骄傲。所以我后来不管远走到哪里，常常用他的文章去比较我当时读到的另一些文章是不是蹩脚。

在香港，我呆了将近六年。在那里欢庆祖国的解放。与从文表叔写过许许多多的信。解放后，他是第一个要我回北京参加工作的人。不久，我和梅溪带着一架相机和满满一皮挎包的钞票上北京来探望从文表叔和婶婶以及两个小表弟了。那时他的编制还在北京大学，而人已在革命大学学习。记得婶婶在高师附中教书，两个表弟则在小学上学。

我们呢？年轻到了家，各穿着一套咔叽布衣服，充满了简单的童稚的高兴，见到民警也务必上前问一声好，热烈地握手。

表叔的家在沙滩中老胡同宿舍。一位叫石妈妈的保姆料理家务。我们为北方每天三餐要吃这么多面食而惊奇不已。

我是一个从来不会深思的懒汉。因为"革大"在西郊，表叔几乎是"全托"，周一上学，周末回来，一边吃饭一边说笑话，大家有一场欢乐的聚会。好久我才听说，表叔在"革大"的学习，是一段非常奇妙的日子。他被派定要扭秧歌，要过组织生活。有时凭自己的一时高兴，带了一套精致的小茶具去请人喝茶时，却受到一顿奚落。他一定有很多作为一个老作家面对新事物有所不知、有所彷徨困惑的东西，为将要舍弃几十年所熟悉用惯的东西而深感惋惜痛苦。他热爱这个崭新的世界，从工作中他正确地估计到将有一番开拓式的轰轰烈烈、旷古未有的文化大发展，这与他素来的工作方式很对胃口。他热爱祖国的土地和人民，但新的社会新的观念对于他这个人能有多少了解？这需要多么细致地分析研究而谁又能把精力花在这么微小的个人哀乐上呢？在这个大时代里多少重要的工作正等着人做……

在那一段日子里，从文表叔和婶婶一点也没有让我看出在生活中所发生的重大的变化。他们亲切地为我介绍当时还健在的写过《玉君》的杨振声先生，写过《莫须有先生坐飞机以后》的废名先生，至今生气勃勃、老当益壮的朱光潜先生，冯至先生。记得这些先生当时都住在一个大院子里。

两个表弟那时候还戴着红领巾，我们四人经过卖冰棍摊子时，他们还客气地做出少先队员从来不嗜好冰棍的样子，使我至今记忆犹新。现在他们的孩子已经跟当时的爸爸一般大了，真令人唏嘘……

我们在北京住了两个月不到就返回香港，通信中知道表叔已在"革大"毕业，并在历史博物馆开始新的工作。

两年后，我和梅溪就带着七个月大的孩子坐火车回到北京。

那是北方的二月天气。火车站还在大前门东边，车停下来，一个孤独的老人站在月台上迎接我们。我们让幼小的婴儿知道："这就是表爷爷啊！"

从南方来，我们当时又太年轻，什么都不懂，只用一条小小的薄棉绒毯子包裹着孩子，两只小光脚板露在外边，在广东，这原是很习见的做法，却吓得老人大叫起来：

"赶快包上，要不然到家连小脚板也冻掉了……"

从文表叔十八岁的时候也是从前门车站下的车，他说他走出车站看见高耸的大前门时几乎吓坏了！

"啊！北京，我要来征服你了……"

时间一晃，半个世纪过去了。

比他晚了十年，我已经二十八岁才来到北京。

时间是一九五三年二月。

我们坐着古老的马车回到另一个新家，北新桥大头条十一号，他们已离开沙滩中老胡同两年多了。在那里，我们寄居下来。

从文表叔一家老是游徙不定。在旧社会他写过许多小说，照一位评论家的话说"叠起来有两个等身齐"。那么，他该有足够的钱去买一套四合院的住屋了，没有；他只是把一些钱买古董文物，一下子玉器，一下子宋元旧锦、明式家具……精精光。买成习惯，送也成习惯，全搬到一些博物馆和图书馆去，有时连收条也没打一个。人知道他无所谓，索性捐赠者的姓名也省却了。

现在租住下的房子很快也要给迁走的。所以住得很匆忙，很不安定，但因为我们到来，他就制造一副长住的气氛，免得我们年轻的远客惶惑不安。晚上，他陪着我刻木刻，看刀子在木板上运行，逐渐变成一幅画。他为此而兴奋，轻声地念叨一些鼓励的话……

他的工作是为展品写标签，无须用太多的脑子。但我为他那精密之极的脑子搁下来不用而深深惋惜。我多么地不了解他，问他为什么不写小说；粗鲁的逼迫有时使他生气。

一位我们多年尊敬的、住在中南海的同志写了一封信给他，愿意为他的工作顺利出一点力气。我从旁观察，他为这封回信几乎考虑了三四年，事后恐怕始终没有写成。凡事他总是想得太过朴素，以至许多年的话不知从何谈起。

保姆石妈妈的心灵的确像块石头。她老是强调从文表叔爱吃熟猪头肉夹冷馒头。实际上这是一种利用老人某种虚荣心的鼓励，而省了她自己做饭做菜的麻烦。从文表叔从来是一位精通可口饭菜的行家，但他总是以省事为宜，认为过分的吃食是浪费时间。每次回家小手绢里的确经常胀鼓鼓地包着不少猪头肉。

几十年来，他从未主动上馆子吃过一顿饭，没有这个习惯。当他得意地提到有限的几次宴会时——徐志摩、陆小曼结婚时算一次，郁达夫请他吃过一次什么饭算一次，另一次是他自己结婚。我没有听过这方面再多的回忆。那些日子距今，实际上已有半个世纪。

借用他自己的话说："美，总不免有时叫人伤心……"

什么力量使他把湘西山民的朴素情操保持得这么顽强，真是难以相信，对他自己却早已习以为常。

我在中央美术学院教学的工作一定，很快地找到了住处，是在北京东城靠城边的一个名叫大雅宝的胡同，宿舍很大，一共三进院子。头一间房子是李苦禅夫妇和他的岳母，第二间是董希文一家，第三间是张仃夫妇。然后是第二个院子，第一家是我们，第二家是柳维和，第三家是程尚仁。再是第三个院子，第一家是李可染，第二家是范志超，第三家是袁迈，第四家是彦涵，接着就是后门了。院子大约有大大小小三十多个孩子。一来我们是刚从香港回来的，行动和样子都有点古怪，引起他们的兴趣;再就是平时我喜欢跟孩子一道，所以我每天要有一部分时间跟他们在一起。我带他们一道玩，排着队，打着扎上一条小花手绢的旗帜上公园去。现在，这些孩子都长大了，经历过不少美丽和忧伤的日子。直到现在，我们还保持了很亲密的关系。

我搬家不久，从文表叔很快也搬了家，恰好和我们相距不远，他们有三间房，朝南都是窗子，卧室北窗有一棵枣树横着，映着蓝天，真是令人难忘。

儿子渐渐长大了，每隔几天三个人就到爷爷家去一趟。爷爷有一具专装食物的古代金漆柜子，儿子一到就公然地面对柜子站着，直到爷爷从柜子里取出点什么大家吃吃为止。令人丧气的是，吃完东西的儿子马上就嚷着回家，为了做说服工作每一次都要花很多工夫。

从文表叔满屋满床的画册书本，并以大字报的形式把参考用的纸条条和画页都粘在墙上。他容忍世界上最噜苏的客人的马拉松访问，尤其仿佛生怕他们告辞，时间越长，越热情越精神的劲头使我不解，因为和我对待生熟朋友的情况竟如此相似。

有关于民族工艺美术及其他史学艺术的著作一本本出来了，天晓得他用什么时间写出来的。

婶婶像一位高明的司机，对付这么一部结构很特殊的机器，任何情况都能驾驶在正常的生活轨道上，真是神奇之至。两个人几乎是两个星球上来的，他们却巧妙地走在一道来了。没有婶婶，很难想象生活会变成什么样子，又要严格，又要容忍。她除了承担全家运行着的命运之外，还要温柔耐心引导这长年不驯的山民老艺术家走常人的道路。因为从文表叔从来坚信自己比任何平常人更平常，所以形成一个几十年无休无止的学术性的争论。婶婶很喜欢听我讲一些有趣的事和笑话，往往笑得直不起身。这里有一个秘密，作为从文表叔文章的首席审查者，她经常为他改正许多错别字。婶婶一家姐妹的书法都是非常精彩的，但她谦虚到了腼腆的程度，面对着称赞往往像是身体十分不好受起来，使人简直不忍心再提起这件事。

那时候，《新观察》杂志办得正起劲，编辑部的朋友约我为一篇文章赶着刻一幅木刻插图。那时候年轻，一晚上就交了卷。发表了，自己也感觉弄得太仓促，不好看。为这幅插图，表叔特地来家里找我，狠狠地批了我一顿：

"你看看，这像什么？怎么能够这样浪费生命？你已经三十岁了。没有想象，没有技巧，看不到工作的庄严！准备就这样下去？……好，我走了……"

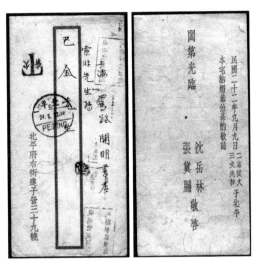

巴金先生保留了沈从文跟张兆和当年的结婚请柬

　　这给我的打击是很大的。我真感觉羞耻。将近三十年，好像昨天说的一样，我总是提心吊胆想到这些话，虽然我已经五十六岁了。

　　在从文表叔家，常常碰到一些老人：金岳霖先生、巴金先生、李健吾先生、朱光潜先生、曹禺先生和卞之琳先生。他们相互间的关系温存得很，亲切地谈着话，吃着客人带来的糖食。印象较深的是巴老伯（家里总那么称呼巴金先生），他带了一包鸡蛋糕来，两个老人面对面坐着吃这些东西，缺了牙的腮帮动得很滑稽，一面低声地品评这东西不如另一家的好。巴先生住在上海，好些时候才能来北京一次，看这位在文学上早已敛羽的老朋友。

金岳霖先生的到来往往会使全家沸腾的。他一点也不像在世纪初留学英国的洋学生，而更像哪一家煤厂的会计老伙计。长长的棉袍，扎了腿的棉裤，尤其怪异的是头上戴的罗宋帽加了个自制的马粪纸帽檐，里头还贴着红纸，用一根粗麻绳绕在脑后捆起来。金先生是从文表叔的前辈，表弟们都叫他"金爷爷"。这位哲学家来家时不谈哲学，却从怀里掏出几个其大无比的苹果来和表弟家里的苹果比谁的大（当然就留下来了）。或者和表弟妹们大讲福尔摩斯。老人们的记忆力真是惊人，信口说出的典故和数字，外行几乎不大相信其中的准确性。

表叔自己记性也非常好，但谈论现代科学所引用的数字明显地不准确，虽然是聊天，孩子们却很认真，抓着辫子就不放手，说爷爷今天讲的数字很多相似。表叔自己有时发觉了也会笑起来说："怎么我今天讲的全是'七'字？"（七十辆车皮，七万件文物，七百名干部调来搞文物，七个省市……）

"文化大革命"时，那些"管"他的人员要他背毛主席语录，他也是一筹莫展。

我说他有非凡的记忆力，所有和他接触过的年轻朋友是无有不佩服的。他曾为我开过一项学术研究的一百多个书目，注明了出处和卷数以及大约页数。

他给中央美院讲过古代丝绸锦缎课，除了随带的珍贵古丝绸锦缎原件之外，几乎是空手而至，站在讲台上把近百的分期的断代信口讲出来。

他那么热衷于文物，我知道，那就离开他曾经朝夕相处近四十年的小说生涯越来越远了。解放后出版的一本《沈从文小说选集》序言中有一句话："我和我的读者都行将老去。"

听起来真令人伤感……

有一年我在森林，我把森林的生活告诉他，不久就收到他一封毛笔蝇头行草的长信，他给我三点自己的经验：

一、充满爱去对待人民和土地。二、摔倒了，赶快爬起来往前走，莫欣赏摔倒的地方耽误事，莫停下来哀叹。三、永远地、永远地拥抱自己的工作不放。

这几十年来，我都尝试着这么做。

有时候，他也讲俏皮话——

"有些人真奇怪，一辈子写小说，写得好是应该的，不奇怪；写得不好倒真叫人奇怪。"

写小说，他真是太认真了，十次、二十次地改。文字音节上，用法上，一而再地变换写法，薄薄的一篇文章，改三百回根本不算一回事。

文昌阁小学(黄永玉 绘)

凤凰县幼稚园（黄永玉 绘）

"文化大革命"开始了。

我们两家是颠簸在波浪滔天的大海中的两只小船，相距那么远，各有各的波浪。但我们总还是找得到巧妙的机会见面。使我惊奇的是，从文表叔非常坚强洒脱，每天接受批斗之外，很称职地打扫天安门左边的历史博物馆的女厕所（对年纪大的老人比较放心）。

真是人人熟悉的一段漫长的经历。

我的爱人也变了另一个样，过去从学校到学校，没有离开过家门，连老鼠也害怕的人，居然帮着几家朋友处理起家务来了。表叔一生几十年收藏的心爱的书、家具，满堆在院子里任人践踏，日晒雨淋。由我爱人一个决心，论斤地处理掉了。骑着自行车，这家料理，那家帮忙，简直是一反常态，锻炼得很了不起的精明能干，把几家人的担子全挑在肩膀上，过了这么些年。

我们一有机会就偷偷地见面。也有大半年没有见面的时候，但消息总是非常灵通的。

生活变化多端，有一个规律常常使我产生信仰似的尊敬，那就是真正的痛苦是说不出口的，且往往不愿说。比如，在战场上，身旁的战友突然死去，有谁口头细致地对人描述过这些亲身的经历、描述那个逐渐走近死亡的战友的痛苦煎熬的过程？这几乎是不可能的。描述总有个情感能承受的极限，它不牵涉到描述才能问题。

聪明的莱辛把这个道理在艺术理论范畴里阐述得很透彻（见《拉奥孔》），但有一点我还在考虑，照他说：

"为什么拉奥孔在雕刻里不哀号，而在诗里却哀号呢？"又说，"为什么诗不受上文的局限？"

依我看，莱辛和他列举的诸般中外诗人是不是经历过痛苦的极限的生活？我不知道；知道了，肯不肯写到头，那又是一回事。用现实生活印证，雕塑和诗的描写深广度应该是一致的。

从文表叔一家和我们一家在那个年代的生活，我就不想说得太多了。因为这不仅仅是我们两家的事。在太具体、太现实的"考验"面前，往往我们的生活变得非常抽象，只靠一点点脆弱的信念活下去，既富于哲理，也极端蒙昧。

不久，从文表叔就下乡了。走之前，他把他积留下来的一点点现金，分给所有的孩子们，我们也得到一份。这真是一个悲壮的骊歌。他已经相信，再也不可能回到多年生活过的京华了。

他走得非常糊涂，到了湖北咸宁，才清醒过来，原来机关动员下乡的几十个人，最后成为下乡现实的就只老弱病三个人。几乎是给一种什么迷药糊里糊涂弄到咸宁去的。真用得上"彷徨"两个字。那么大的机关只来一个老高知和另外两个老弱病，简直不成气候。吊儿郎当，谁也不去理会他，他也管不着任何人。

幸好，我说幸好是婶婶早三个月已跟着另一个较齐整的机构到了咸宁，从文表叔作为"家属"被"托"在这个有点慈善性质的机构里，过了许多离奇的日子。在这多雨泥泞遍地的地方，他写信给我时，居然说："……这儿荷花真好，你若来……"

天晓得！我虽然也在另一个倒霉的地方，倒真想找个机会到他那儿去看一场荷花……

在这场"文化大革命"中，他的确是受到锻炼，性格上撒开了，"七十而从心所欲，不逾矩"，派他看菜园子，"……牛比较老实，一轰就走；猪不行，狡诈之极，外像极笨，走得飞快，貌似走了，却冷不防又从身后包抄转来……"还提到史学家唐兰先生在嘉鱼大江边码头守砖，钱钟书先生荣任管仓库钥匙工作，吴世昌先生又如何如何……每封信充满了欢乐情趣，简直令人嫉妒。为那些没有下去的人深感惋惜。

这段时间，仅凭记忆，写下了《中国服饰史稿》的补充材料。还为我的家世写了一个近两万余字的"楔子"。《中国服饰史稿》充满着灿烂的文采、严密的逻辑性以及美学价值，以社会学、历史唯物主义的角度阐明艺术的发展和历史趋势。（这部巨型图录性的著作得到中央领导同志的关注，不久恐将问世。）那个"楔子"，从文表叔如果在咸宁多待上五年，就会连接成一部几十万字的长篇小说，当然，留下那个"楔子"就已经很好，我宁愿世界没有这部未完成的小说，也不希望从文表叔在咸宁多待上一天。

在那种强作欢悦的忧郁生活中，对一位具有细腻心地的老年人来说，是不适宜维持过久的。

咸宁有个地方也叫双溪，当然跟金华的那个双溪是两码事。从文表叔待在那里不少日子了，我几次想在信上提一提李清照的词《武陵春》："……闻说双溪春尚好，也拟泛轻舟。只恐双溪舴艋舟，载不动、许多愁。"都深感自己可耻的残忍。这不是诗情大发的时候！

几年之后，我们全家在北京站为表叔举行了一个充满温暖的归来仪式。"楔子"不必继续写下去了，"要爷爷，不要'红楼梦'！"（孩子们把那部未完成的小说代号为"红楼梦"）能够健康地回来，比一切都好。

原来的三间房子已经变成一间，当然，比一切都没有要好得多。回忆前几年的生活，谁不珍惜眼前的日子呢？

再过半年，婶婶作为退休也回来了，从文表叔得到一些关心，在另一条两里远的胡同里，为他们增加了一个房间。要知道，当时关心人的人，自己的生活也是颇不稳定的，所以这种微薄的照顾是颇显得具有相濡以沫的道义的勇气和美感的。于是，表叔婶一家就有了一块"飞地"了，像以前的东巴基斯坦和西巴基斯坦一样。从文表叔在原来剩下的那间房间里为所欲为，写他的有关服饰史和其他一些专题性的文章，会见他那批无止无休的不认识的客人。把那小小的房间搅得天翻地覆，无一处不是书，不是图片，不是零零碎碎的纸条。任何人不能移动，乱中有致，心里明白，物我混为一体。床已经不是睡觉的床，一半堆随手应用的图书。桌子只有稍微用肘子推一推才有地方写字。夜晚，书躺在躺椅上，从文表叔就躺在躺椅上的书上。

这一切都极好，十分自然。恩格斯说过："……除了真实的细节之外，还应注意典型环境的典型性格……"在这里，创作的三个重要元素都具备了。

不管是冬天或夏天的下午五点钟，认识这位"飞地"总督的人，都有机会见到他提着一个南方的带盖的竹篮子，兴冲冲地到他的另一个"飞地"去。他必须到婶婶那边去吃晚饭，并把明早和中午的两餐饭带回去。

冬天尚可，夏天天气热，他屋子特别闷热，带回去的两顿饭很容易变馊的。我们担心他吃了会害病。他说："我有办法！"

黄永玉自画像

"什么办法？"因为我们家里也颇想学习保存食物的先进办法。

"我先吃两片消炎片。"

从文表叔许许多多回忆，都像是用花朵装点过的，充满了友谊的芬芳。他不像我，我永远学不像他，我有时用很大的感情去咒骂、去痛恨一些混蛋。他是非分明，有泾渭，但更多的是容忍和原谅。所以他能写那么好的小说。我不行，愤怒起来，连稿纸也撕了，扔在地上践踏也不解气。但我们都是故乡水土养大的子弟。

十八岁那年，他来到北京找他的舅舅——我的祖父。那位老人家当时在帮熊希龄搞香山慈幼院的基本建设工作，住在香山，论照顾，恐怕也没有多大的能力。从文表叔据说就住在城里的湖南酉西会馆的一间十分潮湿长年有霉味的小亭子间里，到冬天，那当然是更加凉快透顶的了。

下着大雪，没有炉子，身上只两件夹衣，正用旧棉絮裹住双腿，双手发肿，流着鼻血在写他的小说。

敲门进来的是一位清瘦个子而穿着不十分讲究的、下巴略尖而眯缝着眼睛的中年人。

"找谁？"

"请问，沈从文先生住在哪里？"

"我就是。"

"哎呀……你就是沈从文……你原来这么小。……我是郁达夫，我看过你的文章，好好地写下去……我还会再来看你。……"

听到公寓大厨房炒菜打锅边，知道快开饭了。"你可吃包饭？"

"不。"

邀去附近吃了顿饭，内有葱炒羊肉片，结账时，一共约一元七角多，饭后两人又回到那个小小住处谈谈。

郁达夫走了，留下他的一条浅灰色羊毛围巾和吃饭后五元钞票找回的三元二毛几分钱。表叔伏在桌上哭了起来。

从文表叔有时也画画，那是一种极有韵致的妙物，但竟然不承认那是正式的作品，很快地收藏起来，但有时又很豪爽地告诉我，哪一天找一些好纸给你画些画。我知道，这种允诺是不容易兑现的。他自然是极懂画的，他提到某些画、某些工艺品的高妙之处，我用了许多年才醒悟过来。

他也谈音乐，我怀疑这七个音符组合的常识他清不清楚。

但是他明显地理解音乐的深度，用文学的语言却阐述得非常透彻。

"音乐、时间和空间的关系。"

他也常常说，如果有人告诉他一些作曲的方法，一定写得出非常好听的音乐来。这一点，我特别相信，那是毫无疑问的。但我的孩子却偷偷地笑爷爷吹牛，他们说："自然喽！如果上帝给我肌肉和力气，我就会成为大力士……"

孩子们不懂的是，即使有了肌肉和力气的大力士，也不一定是个杰出的智慧的大力士。

契诃夫说过写小说的极好的话：

"好与坏都不要叫出声来。"

这几乎是搞文学的基本规律和诀窍，也标志了文学的深广度和难度。

从文表叔的书里从来没有——美丽呀！雄伟呀！壮观呀！幽雅呀！悲伤呀！……这些词藻的泛滥，但在他的文章里，你都能感觉到它们的恰如其分的存在。

他的一篇小说《丈夫》，我的一位从事文学几十年的，和从文表叔没有见过面的前辈，十多年前读到之后，深受感动，他说：

"……这篇小说真像普希金说过的：'伟大的俄罗斯的悲哀'……"

　　跟表叔的第三次见面是最令人难忘的了。经历的生活是如此漫长、如此浓郁，那么彩色斑斓；谁也没有料到，而恰好就把我们这两代表亲拴在一根小小的文化绳子上，像两只可笑的蚂蚱，在崎岖的道路上做着一种逗人的跳跃。

　　我们那个小小山城不知由于什么原因，常常令孩子们产生奔赴他乡的献身的幻想。从历史角度看来，这既不协调且充满悲凉，以至表叔和我都是在十二三岁时背着小小包袱，顺着小河，穿过洞庭去"翻阅另一本大书"的。

　　　　　　　　　　　　　一九七九年十二月三十一日

为了太阳，我才来到这个世界（黄永玉 绘）

黄永玉这个人（黄永玉 绘）

这些忧郁的碎屑

从文表叔死了。他活了八十六岁。

书房墙上一幅围着黑纱的照片，两旁是好友施蛰存先生写的挽联。

五十年代一个秋天的下午，屋子静悄悄的，剩下他一人在写东西。我们坐下喝茶，他忽然轻叹了一口气——

"好累啊！……"

"是的，累啊！"我想起正在过河的约翰·克利斯朵夫。

"北京的秋天真好！"他说。

"……天真蓝……那枣树……"我望了望窗子。

"都长大了……日子不够用！……"他说。

…………

一切都成为过去。

表叔真的死了。

一

三十多年来，我时时刻刻想从文表叔会死。清苦的饮食，沉重的工作，精神的磨难，脑子、心脏和血管的毛病……

看到他蹒跚的背影，我不免祈祷上苍："让他活得长些吧！"

他毕竟"撑"过来了。足足八十六岁。

一辈子善良得不近人情；即使蒙恩的男女对他反啮，也是从不想到报复。这原因并非强大的自信，也不是没有还击的力量，只不过把聪明才智和光阴浪费在这上面，早就不是

一九八二年五月，黄永玉、梅溪（后排右一、右二）陪同表叔（前排中）回
到凤凰，这也是沈从文最后一次故乡行

他的工作习惯。

没心肝的"中山狼"有一个致命伤，那就是因某种权势欲望熏蠢了的头脑。

其实要摧毁沈从文易如反掌，一刀把他跟文化、故乡、人民切断就是，让他在精神上断水、枯萎、夭折。

但"中山狼"们不！他们从自己心目中的高档境界——名誉、地位、财富上扼他的脖子，殊不知这正是他所鄙弃的垃圾。

公元前一百多年前的司马迁也碰上同样有趣的遭遇。只不过帮李陵说了几句话，就被人将卵蛋刨了。当年西汉宫廷的价值观可能跟法国狄德罗所估计的相同，他说："在宫廷，'狂欢的工具'从来与政治媲美。"那么，犯了政治错误的司马迁一生岂非只以失去"狂欢的工具"悲苦羞耻终生而告终？不然，他完成了伟大的《史记》。

虐杀是一种古典至极、从未发展变化分毫的行为。尽管每个朝代对它都各有好听的称呼，让人"提前死亡"的实质却从未改变。

它从属于文化，却是文化的死敌。它痛恨、仇视文化，是因为文化的记性太好。

虐杀与文化之间，不免就出现一种类乎郑板桥"润格"上所说的"……公之所送，未必弟之所好也……"的尴尬局面。刨别人卵蛋的人因为自己"狂欢的工具"健在的满足而得到使命式的快感，被人刨掉卵蛋的人因完成了《史记》也得到使命式的快感。

一部文化史几乎就是无数身体的局部或全部被刨去的行为史。这是由两种不同性质的快感写成的。

从文表叔从来没有对我说过要写类乎《史记》的东西。他跟另两人约定写"抗战史"，也只是说说而已。他不是写这种历史的"料"。过后真的也没有写。是否两位合作者戏剧性地先后去世使这项工作中断？眼前谁也弄不清楚了。

我是特别喜欢从文表叔写的《长河》的。

要写历史，恐怕就是这种"长河"式的历史吧？

在表叔的所有文章中，《长河》舒展开了。

昨天我看了一部大钢琴家霍洛维兹的演奏纪录片。八十多岁炉火纯青的手指慈祥地爱抚每一个琴键，有时浓密得像一堆纠缠的串珠，闪着光，轻微地抖动；有时又像一口活火山张开大口喷着火焰，发出巨响的呼吸。这老头不管奏出什么声音，神色都从容安详。他在音乐之外，十个小精灵在黑白琴键上放肆地来回奔跑追逐；他是个老精灵，是十个小精灵的牧者。

静穆的听众闭着眼睛倾听，脸上流淌着泪水。

我想起从文表叔对于故乡的眷恋；他的文字的组合；他安排的时空、节奏的起伏，距离；苦心的天才给读者带来的诗意……

谁能怀疑他的文字不是爱抚出来的呢？

我让《长河》深深地吸引住的是从文表叔文体中酝酿着的新的变革。他排除精挑细选的人物和情节。他写小说不光是为了有教养的外省人和文字、文体行家，甚至他聪明的学生了。我发现这是他与故乡父老子弟秉烛夜谈的第一本知心的书。一个重要的开端。

纯朴土气，耍点小聪明、小手段保护自己；对新事物的好奇，欢欣而又怀着无可奈何的不安；温暖的小康局面，远远传来的雷声，橘柚林深处透出的欢笑和灯光，雨中匆促的脚步……

写《长河》的时候，从文表叔是四十岁上下年纪吧，为什么浅尝辄止了呢？它该是《战争与和平》那么厚的一部东西啊！照湘西人本分的看法，这是一本最像湘西人的书。可惜太短。

我那时在东南一带流浪，不清楚从文表叔当时身边有多少纷扰。他原来是一个即使在唱大戏的闹台旁边也能专注工作的人。我了解他不善"群居"，甭说世界社会和中国社会，即使在家里，他也是一人躲在乱七八糟的小屋子里工作，直到发觉可爱的客人进门，才笑眯眯地从里屋钻出来说些彼此高兴的话。

写《长河》之后一定出了特别的事，令这位注意力很难不集中的人分了心，不能不说是一种损失。真可惜。

他是一家之主。抗战中期或是末期或是众所周知的可笑的"抗战胜利"，他都必须料理自己很不内行的家事。天晓得这一家在"抗战胜利"之后怎么平安地回到北京的。

从文表叔到北京不久，我到了上海。他为当时才二十二岁的我的生活担心，怕我不知道料理自己，饿死了；或是跟上海的电影女明星鬼混"掏空了身子"（致他学生的信中提到）。他给我来信时总附有给某老作家、某名人的信，请他们帮我一些忙。他不太明白当时我的处境。我正热火朝天地跟一些木刻家前辈搞木刻运动，兴高采烈之极，饭不饭根本算不上个大问题。倒是房租逼人，哪里还有空去找电影女明星？

别看从文表叔在北京住了多年，也去过青岛、上海，归根到底还是个"乡下人"。他认为凡是到上海去的年轻人——包括我在内，都有个跟上海电影女明星混，直到"掏空了身子"的归宿。

这里，就不能不提一提我的父亲黄玉书，从文表叔少年时代最谈得来的表哥。

父亲是在师范学校学音乐和美术的。由于祖父在北京帮熊希龄做事，父亲也就有机会到外头走走，沈阳、哈尔滨、张家口、上海、杭州、武汉、广州……在那时候从一个山区的角度来看，可是个惊天动地的伟大行动。一旦远游回家，天天围在周围渴求见闻的自然是那一大群弟妹跟表兄弟妹。父亲善于摆龙门阵，把耳闻都一股脑儿当成亲见，根据需要再糅合一些信手拈来的幻想，说听两方不免都陶醉在难以想象的快乐之中。

表叔从小就佩服我父亲的这种先觉的"浪漫主义与现实主义相结合"的创作方法。既是学，"宁可信其有，不可信其无"有什么不好呢？在他后来的作品中、序言中，几次都提到他的这位表哥和他那善于"糅合"的文学才能。

表叔的家在道门口边往南门去的巷子里张家公馆斜对门，至今还在（听说政府已经辟为"沈从文故居"，遗憾的是迁走了几家杂居的住客，却搬进一个"沈从文学会"之类的研究机构，仍然不能成为"故居"规模和令人沉思怀念的所在）。我家住在近北门的文星街文庙巷。

文庙巷只住着我家和刘姓两户人家。长长的幽静的巷子左边是空无一人的"考棚"，右边高高的红墙围住的，也是空无一人的古文庙建筑群，长满了野花野草和肃穆的松柏。二更炮放过后，黄、刘两家大门一关，要敢往文庙巷走一趟的人很需要一点胆子。

早就传说那围墙里头大白天也会从葫芦眼里伸出"毛手板"，半夜三更无缘无故钟鼓楼会敲撞出声音来，由不得人不怕。

从文表叔五六岁时在外婆舅舅家玩晚了，就得由他的表哥——我的父亲送他回家，一路大着嗓子唱戏壮胆。到了道门口，表哥站定试他的胆子，让他一个人走过道门的方场，一路呼应着：

"走到哪里了？"

"过闸子门了！"

"走到哪里了？"

"过土地堂了！"

"走到哪里了？"

远远的声音说："过戴家了！"

"到了吗？"没听见回声。不一会儿，远远地小手掌在拍门，门不久"吱呀"地开了。我的父亲一个人大着胆子回家。

这是前十几年表叔说给我听的一段往事。

他多次提到与父亲的感情和奇妙的影响。

二

文庙巷我们黄家在城里头有一种特殊的名气，那就是上溯到明朝中叶，在找得到根据的时间极限里，祖宗老爷们要不是当穷教书先生，就是担任每年为孔夫子料理祭祀及平日看管文庙的一种类乎庙祝的职务。寒酸而高尚，令人怜悯而又充满尊敬。

我家的另一个著名的特点就是那棵奇大无比的椿树，起码两米直径。某年刮大风，砸下一个马蜂窝，坏了隔壁刘家房顶六百多块瓦。春夏天，罩得满屋满院的绿气。

从文表叔家的祖上当过大官。我们祖上没当过官，最高的学位只是个编县志的"拔贡"。

说的是为沈家挑媳妇，亲戚朋友家未出嫁的女儿穿红着绿，花枝招展来沈家做客，老人家却挑了着白夏布衫的黄家

文庙巷内（黄永玉 绘）

女儿。说是读书人家的女儿持重，"穷"得爽朗。

这女儿褐色皮肤，小小的个子，声音清脆，修长的眉毛下一对有神的大眼睛。她是我祖父的妹妹，我的姑婆，从文表叔的妈妈。

姑公，从文表叔的爸爸身材魁梧，嗓门清亮，再加上仿佛喉咙里贴着"笛膜"，说什么话都觉得好听之极，让人愿意亲近，尤其是他的放声大笑。

姑婆做女儿家的时候，曾跟她的哥哥去过上海、北京多年，见识广，回家乡之后还跟爷爷开过照相馆。我印象最深的是她说起话来明洁而肯定，眼神配合准确的手势。这一点，很像她的哥哥。

我恐怕是唯一见过姑公姑婆的孙辈了。连他们两位不同时间的丧礼，我也是孙辈唯一的参加者。见到他们躺在堂屋的门板上，我一点也不怕，也不懂得悲伤，因他们是熟人。

从文表叔有一位姐姐，一位大哥，他排行老二，有一位三弟，一位我们叫着九娘的妹妹。

我们家现在还有一张几十年前的"全家福"照片。

太祖母和祖母分坐在两张太师椅上，太婆的膝前站着我的姐姐。父亲在太祖母侧边，母亲扶着穿花裙的一岁的我坐在高高的茶几上。后头一排有大伯女儿"大姐"，有聂家的表哥"矮子老二"，另一位就是沈家三表叔巴鲁，正名沈荃，朋友称他为沈得鱼。

在我的印象中，我的许多表哥年纪都是不小的，如"喜大"、"矮大"、"保大"、"毛大"，还有一个大伯娘的儿子也叫"喜大"。他们跟巴鲁三表叔的年纪差不多，常在一起玩。不过巴鲁表叔很快就离开凤凰闯江湖远远地走了，好像成为黄埔军校三期的毕业生。

好些年之后，巴鲁表叔当了官，高高的个子，穿呢子军装，挂着刀带，威风极了。有时也回家乡来换上便装，养大公鸡和蟋蟀打架，搞得很认真；有时候又走了。记得姑公姑婆死的时候他是在家的。

跟潇洒漂亮一样出名的是他的枪法。夜晚，叫人在考棚靠田留守家的墙根插了二三十根点燃的香，拿着驳壳枪，一枪一枪地打熄了它们。还做过一件让人看了头发竖起来的事：

另一位年轻的军官叫刘文蛟的跟他打赌，让儿子站在十几二十米的地方，头上顶着二十枚一百文的铜圆，巴鲁表叔一枪打掉了铜圆。若果死了孩子，他将赔偿两箩筐子弹、十杆步枪，外带两挺花机关枪。虽然赢了这场比赛，姑婆把巴鲁表叔骂了个半死。这孩子是由于勇敢或是懵懂，他是后来成为湘西著名画家的刘鸿洲，恐怕至今还不明白当年头顶铜圆面对枪口是什么感受。

一九三七年巴鲁表叔当了团长，守卫在浙江嘉善一带的所谓"中国的马其诺防线"。抗战爆发，没剩下几个人活着回来。听人说那是一场很惨烈的战斗。

抗日战争胜利后的一九四六、一九四七年，我在上海，为了向黄苗子、郁风要稿费，去过一趟南京。巴鲁表叔当时在南京国防部工作，已经是中将了，住在一座土木结构的盖得很简陋的楼上。我看到了婶娘和两三岁的小表妹，他们的生活是清苦的。巴鲁表叔的心情很沉重，话说得少，内心比他本人的风度还要严峻：

"抗战胜利倒使得我们走投无路。看样子是气数尽了！完了！内战我当然不打。和你二表叔跟田君健合作写抗战史也成为笑话，谈何容易？……看起来要解甲归田了……"

他在这样纷乱的生活中，还拉扯着我的一个十四岁的弟弟老四。说是请来帮忙做点家务，其实谁都明白，只不过帮我的父母分担一些困难。不亲眼见到他一家的清苦生活是很难估计仗义的分量的。

既然来到南京，不免要游览一下中山陵。我和老四轮流把小表妹放在肩膀上一步一步迈上最高的台阶。

中山陵的气势令我大为兴奋。极目而下，六朝形势真使人感触万千。再回头看看那个满头黑发的小表妹，她正坐在台阶上，一手支着下巴望着远处，孤零零的小身体显得那么忧郁。我问她："你在想什么呀？"

她只凄苦地笑了一笑，摇了摇头。

四十多年过去了，我始终没有忘记在伟大的中山陵辽阔的台阶上那个将要失掉爸爸的小小忧郁的影子。

一九五零年，我回到久违的故乡。

我是一九三七年出门的，经历了一个八年抗战，一个解放战争，十二岁的孩子变成了二十来岁的大人。

那时长沙的汽车到了辰溪就打住了，以下的路程只有步行。从辰溪经高村还有一两百里好走。

亏得交通不便，八年抗战，故乡只听过一次日本飞机声。从浪子的角度来看，朝夕怀念的故乡还是老样子是颇感甜美的。虽然这种思想十分要不得。

来到城边，城门洞变小了，家里的两个弟弟却长成了大人。母亲和婶娘自然高兴。婆婆已不在人世，见到姑妈满头白发、长得跟婆婆一个模样时忍不住大哭一场。过不几天，大革命时因妈妈出走收留我的滕伯娘也来了。她老成那种样子，满脸的皱纹已不留余地，说更早的时候我吃过她的奶，真不可想象……

没料到巴鲁三表叔也回到了凤凰。

他真的像在南京说过的不打内战，解甲归田了！

湖南全省是和平解放的，我为他庆幸从火坑里解脱出来的不易。

他还是那么英俊潇洒，谈吐明洁而博识。他在楠木坪租的一个住处很雅致，小天井里种着美国蛇豆、萱草和两盆月桂，木地板的客厅墙上居然挂着一对张奚若写的大字楹联。

对了，他跟许多文化人有过交情。这不光是从文二表叔的缘故。因为抗战初期，有不少迁到湘西来的文化团体都多少得到过他的帮忙，杭州美专就是一个。艺术家、文人跟他都有交情，对他的豪爽风度几十年后还有人称赞。

"……我帮地方人民政府做点咨询工作，每天到'箭道子'上班，也不是忙得厉害，没事去聊天也好！……"

我因为下乡画画，忙得可以。从乡下回城里之后带回许多画，请他和南社诗人田名瑜世伯在画上题了字，他写得一手好"张黑女"，田伯伯写的是汉隶。1950年我在香港思豪

一九二九年从文表叔、巴鲁表叔、九妹、大满表叔兄妹四人与母亲在上海合影

酒店开的个人画展，所有题字都是他们二位代书的。

从此，我就再也没见到巴鲁表叔。

听说一九五零年以后，他被集中起来，和其他一些人"解"到辰溪受训，不久就在辰州河滩上被枪毙了。

那年月，听到哪一个亲戚朋友或熟知的人给枪毙的消息，虽然不清楚缘由，总觉得其中一定有道理。要不是特务就是反革命。理由有以下三点：（一）相信共产党做事一定不错；（二）大家都在改造思想，清理历史，枪毙人的事正好考验自己的政治态度；（三）人都死了，打听有什么用，何况犯不上。

"四人帮"伏法之后不久，巴鲁表叔也给平了反。家属正式得到五百元人民币的赔偿，婶婶被推荐为县政协委员。州和县里也出版了一些当年这方面的比较客观的历史材料。

前些日子在家乡听到有关巴鲁表叔被枪毙时的情况——

在河滩上他自己铺上灰军毯，说了一句："唉！真没想到你们这么干……"指了指自己的脑门，"……打这里吧！……"

一个大的历史变革，上亿人的筛选，"得之大约"算差

一九五九年，黄永玉画沈从文的大哥沈云麓像

可了。死者已矣，但活人心里的凄怆总是难免的。

既然巴鲁表叔正式平了反，我对他的回忆也有了一种舒坦感，说老实话，真怀念他。

沈家一共有三兄弟，一个姐姐，一个妹妹。我们是这样称呼他们：沈大娘、沈大满（满是叔叔的意思）、沈二满（从文表叔）、沈三满（得鱼表叔，也即是巴鲁表叔）、沈九娘。为什么从一、二、三忽然到了九呢？我至今不清楚，问一问家乡老人家可能会清楚的。

大娘嫁给姓田的既读书又在外做事的好人家。从文二满也是很早就出门，倒是经常听到消息，却好多年才见一次面，及至我长大之后才开始跟他通信，所以没有云麓大满和巴鲁三满亲切和熟悉。九娘很早就跟从文二满出门去了，要说熟悉也只是以后的事。

只有沈大满和沈三满还有不少具体的回忆。

大满样子长得古怪，脾气也古怪得出奇。

我懂事以来一直到他七十九岁逝世，他那副形象在我的印象中从来都是一致的。他既没有小过，也没有老过。

他是个大近视。戴的眼镜像哪儿捡来的两个玻璃瓶底装上的，既厚实，又满是圈圈。眼睛本身也有事，一年三百六十五天，天天淌眼泪，老得用一条常备的手巾不时地取下眼镜来拭擦。鼻子是个问题的重灾区，永远不通，明显地发出响声，让旁边的人为他着急。于是又是取出手巾，又是放回口袋，那样来回不停地忙。因此也大大影响了说话，永远地像是人在隔壁捏着鼻子。再，就是耳朵，有七八成听不见。想要他明白什么事，就得对着他耳朵大声叫嚷。还有，他爱流汗，满头的汗珠。你常常会见到一个人全身冒着热气走进门来，那就是他。但是口袋里的那条手巾，谁也分不清它到底是什么颜色。

他个子单细，却是灵活之极。他长成一种相书以外的相貌。胡适先生可以说有点像他，高脑门，直鼻梁，长人中，往下挂的下嘴唇，加上厚实的下巴……但没有他充分、夸张。对于他，胡适先生只是具体而微弱。他更全面，简直长得痛快淋漓。比如说，从脑门顶一直到鼻梁额准处有一道深深的凹线，胡适先生恰巧也有，但微弱些，他是深陷的一道沟，令人肃然起敬，相信其中是一种特别的道理。

他虽然眼睛看不清楚，步履倒是特别来得快。上身前倾，匆匆忙忙。不少街上的闲人为他让路，因为他脾气不好。

他小时上北京找过他的大舅——我的祖父黄镜铭。那位老人家也是性格奇特得必须以专论才能说得明白的人物。经过他主张，把沈家大满送去学画炭像，即是用干的毛笔蘸着一种油烟炭粉在图画纸上画出肖像来的技法。

跟我父亲一样，他也曾去过东北、西北、中南、东南各省。画炭像的本事学好了，而且超乎一般世俗的技巧，画得十分精到传神。回到家乡，家乡人都听说他怀着一手绝技，估计他可以因此而养活一家两口。几十年来，他给外祖母画过一张，舅妈没画完的半张，大舅有一张，但另一些人却说不是他的手笔。所以一辈子也就没有画过几张肖像了。后来找到据说是他手笔的也只是七零八碎的片断。到后来甚至把他会画炭像的事也淡忘了。

他从来不惹人，县里却不能没有他。

他穷得可以，但按年按月订了几份报纸——《大公报》、《申报》、《新民报》、《华商报》……人围在一堆谈论时事，他总是偷偷蹲在一边不搭腔，若是有人谈错什么题目，只见他猛然站起来"哼！"一下走了。这就是说，过时的材料把他得罪了。

全县城稍微知名的人士从小到老的手脚，他心里都有笔账。譬如某位五十来岁的文化权威生下来跟他哥是个双胞胎，尿布来不及准备，他外婆扯下刚上了门板打鞋底的"烂片"应急的事，经他一点，老娘子听了都同声响应，说是确有其事。这固然无伤大雅，倒使那位文化权威原先要摆一点架子的气势挺不起来，大家一笑，当然也不记恨。

他喜欢人尊敬他。他没上过正式的学，但后天读书读报帮了他的大忙。抗战期间，他最早懂得"磺胺消炎片"，战后的"雷米封"（异烟肼）治肺痨。到老得不能动弹的时候，谁打他门口过不打招呼请安，他是会生气的。眼睛看不清，耳朵早就聋了，身体不便移动，凭什么他知道别人打他门前过呢？

一个弟弟是作家，一个弟弟当将军，大姐嫁给大户人家，他从不沾光，口边也不挂，只是老记着他帮过忙的老朋友的友谊，刘开渠、庞薰琹、林风眠、吴祖光……这些人经过沅陵的时候他为艺专跑过腿。他那时很兴奋，见到一生没有奋斗到的现实。他原本应该成为很出色的艺术家的。他为自己的快乐而为人跑腿，跑了腿，万一哪一年他们见到自己的二弟或三弟提到他的热心，那就更快乐。

他没有孩子，也没有产业。"文化大革命"给年轻的造反派提夹着在大街上狂跑，七十多八十的人了，居然没有死，还活了好些年。照样地吃大碗饭，照样地发脾气。挂了根拐杖上街，穿起风衣，还精神抖擞地翻起了衣领子。

他做过许多可能自己也忘记了的好事。送一些年轻人到远远的"那边去"。那边有多远？去干些什么？他觉得"好！"就成。那些年轻人都成了"老干部"了，也想起他。"他"这个人活得很抽象，睡觉，三餐饭，发点小脾气，提点文化上根本不必提的"建议"，算是个"县文物委员"。人要报答他也无从报答起，因为他什么都不需要。

死了，没留下什么痕迹，外号叫作"沈瞎子"。说起"沈瞎子"，三十岁以上的人还想得起他的，再年轻点的，怕就不晓得了。

三

听我的母亲说，我小的时候，沈家九娘时时抱我。以后我稍大的时候，经常看得到她跟姑婆、从文表叔诸人在北京照的相片。她大眼睛像姑婆，嘴像从文表叔，照起相来喜欢低着头用眼睛看着照相机。一头好看的长头发。那时候时兴这种盖着半边脸的长发，像躲在门背后露半边脸看人，不料现在又时兴起来。

我觉得她真美。右手臂夹着一两部精装书站在湖边尤其好看。

我小时候，姑婆租了大桥头靠里的朱家巷有石板天井的住处。上三四级石阶，有一副带腰门的高门槛，进到门厅，宽得可以放几张方桌，门厅左右是厢房。左边厢房三表叔回来住。右边厢房放书，墙上挂着皮刀带，有时墙边还搁着步枪，箩筐里放满子弹，尽头两张长板凳上搁着口棺材。我小时候已习惯家里放棺材，不害怕，不单明白里头是空家伙，还懂得有朝一日爱我的姑婆睡在里面，这跟床的分别毫无两样。

（野外祠堂、庙里的棺材可不一样，停在那里少说也有五六口，谁也拿不准哪口是空，哪口是实。不少外地人不幸死在我们这里，就得像火车站寄存行李把死人装在里头，等家乡人赶来搬运回去。胆大淘气的孩子曾掀开盖子摸过，还挺着胸脯吹牛说是摸到她的金牙齿、玉圈圈。）

门厅过去就是石板铺的天井。一边摆着花盆，一边摆着石杠铃、石锁和刀枪架。天井两旁是雨廊，有三四级石阶，右边通厨房。从天井正面也是三四级石阶就到正厅，右边是姑婆的住房。左边谁住？记不起来了。沈大满好像自己租楠木坪住，没跟姑婆住一起。

常陪姑婆聊天的有两个，一个是我爸爸，一个是聂姑婆她妹妹的儿子，外号叫"聂胖子"的，也是我爸爸的表弟。我祖父有不少妹妹。只是他恐怕最喜欢沈姑婆，所以年轻的时候把她带上北京。

厅后面还有一个上楼的套间，楼上只存放杂物，我一个人不敢上去。

九娘那时候不在，她一定是像她妈妈跟我爸爸上北京一样，跟着从文表叔已经在北京大学了。

我对她一点印象也没有。小时的记性原应是很好的……

那时的北京应是很热闹的地方，只是我不理解旧北京满是黄尘，吃喝要骆驼拉着水车供应，有什么好？

那时候有人说好，说是有中国味。连鲁迅、周作人、老舍……都说好。人们动不动就说东交民巷、西交民巷、六国饭店、北京饭店……西餐馆如何品位……其实都是夹带着北方灰尘的穷讲究。

我真正喜欢的中国气派，是讲卫生、有尊严的地方。所以从书本上看到的北京和上海我都不喜欢。只不过觉得在那里知道的世界可能比家乡多些而已。

九娘在北京跟表叔住了好些年。很难说当时由谁照顾谁。料理生活，好像都不在行。从文表叔对饮食不在乎，能入口的东西大概都咽得下去。而九娘呢？一个凤凰妹仔，山野性格，耐着性子为哥哥做点家务是难以想象的，只好经常上法国面包房。

她当时自然是泡在哥哥的生活圈子里，教授、作家、文学青年、大学生、报社编辑、记者、出版家川流不息。

二十世纪三十年代北平时沈从文与张兆和（左）和九妹在一起

她认真和不认真地读了一些书，跳跃式地吸收从家中来往的人中获得的系统不一的知识和立场不一的思想。她也写了不少的散文和短篇小说。

一时有所悟，一时又有所失，困扰在一种奇特的美丽的不安中。我们或多或少都有九娘的性格，只是运气好，加上是个男人，有幸得以逃脱失落感的摆布。

她一天天地长大，成熟，有爱，却又无所依归。如《风尘三侠》中之红拂，令人失之迷茫。有的青年为她带着幽怨的深情远远地走了，难得有消息来往；有的出了国，倒是经常捎来轻浮而得意的口信。

她抓住的少，失落的多。在哥哥面前，她用撒娇和任性来填补惶惑，使埋头在纸堆里好脾气的哥哥不免手忙脚乱。

这时，从文表叔结婚了。

一个朝夕相处的哥哥身边忽然加入了一个比自己更亲近的女人，相当长期的生活突然名正言顺地起了质的变化，没有任何适当而及时的、有分量的情感来填补这迫切的空白。女孩子情感上的灾难是多方面的。上帝呀上帝，你粗心，把我的九娘忘了！……

抗战开始，一家人跟着学校来到昆明。

我完全不能理解年轻的表婶在新的家庭里如何对付这两个同一来源而性格完全不同的山里人。

表婶那么文静。做表侄儿的我已经六十多岁的人了，几十年来只听见她用C调的女声说话，着急的时候也只是降D调，没见她用常人的G大调或A调、B调的嗓门生过气。我不免怀疑，她究竟这一辈子生过气没有？于是在日常生活中就细心地观察体会，在令她生气的某种情况下，她是如何"冷处理"的，可惜连这种机会也没有。这并非忍耐和涵养功夫，而是多种家庭因素培养出来的德行和教养，是几代人形成的习惯。

她一跨进沈家门槛就要接受那么严峻的挑战，真替她捏一把事后诸葛亮的汗。

抗战使九娘和往昔的生活越离越远，新的动荡增加了她的恐惧和不安。

巴鲁三表叔正在浴血的前线，姑婆和姑公都已不在人间，云麓大表叔是一位不从事艺术创造的艺术家型的人，往往自顾不暇。当发现九娘的精神越来越不正常的时候，送她回湘西倒成为较好的办法。

九娘从昆明回到湘西的沅陵。他们兄弟在沅陵的江边以"芸庐"命名盖了一座房子。沅陵离故乡凤凰百余公里，是湘西一带的大城之一。乱离的生活中，我的父母带着除我以外的四个孩子都在沅陵谋生。当然，"芸庐"自然而然地成为亲戚活动的中心。

巴鲁表叔那时正从第一个激烈的回合中重伤回来，也住在沅陵养伤。眼见送回来的是一个精神失常的妹妹，不禁拔出枪来要找从文二表叔算账。他是个军人，也有缜密思考的经验，但妹妹的现状触动了他最原始的情感。妹妹呆滞的眼神、失常的喜乐、不得体的语言是一种极复杂的社会化学结构。有一本名叫《精神病学原理》的厚厚的大书第一句就说："作为社会的人，每一个人都存在或多或少的精神病。"

像社会发展和历史可以触发出"天才"一样，也产生着精神病患者。事实上天才和精神病者之间，只不过隔着一层薄薄的病历。

每一个人只要冷静想一想都能明白九娘精神分裂的社会和生理缘由。巴鲁表叔从此也沉默起来，不久又奔赴江西前线去了。

九娘的病在偏僻的山城很难找到合适药物。抗战的沸腾令她时常上街闲荡，结果是身后跟着一大群看热闹的闲人。云麓大表叔和我的弟弟担当了全城寻找九娘的任务。

直到有一天，九娘真的应验了从文表叔《边城》的末一句"也许明天回来，也许永不回来"的谶言，我们从此再也没有见到九娘。

在沅水的上游有一个遥远的小村，名叫"乌宿"，河滩上用石头架着一只破船，那是一个"家"。九娘跟一个破了产改行烧瓦的划船汉住在一起已经很多年了。生的儿子已经长大。

一九五零年那时听说九娘还在。我从香港经北京、汉口回湘西时，曾有一位尊敬的大叔要我去乌宿看看她，如方便的话给她一些资助。可惜我当时时间太紧，没能尽到这份心意，于他于我，都是十分遗憾的事。

《圣经》"耶利米哀歌"第二节：

你们一切过路的人哪！这事你们不介意么？你们喜欢看，有像这临到我的痛苦没有？

多少年来，在从文表叔面前，我从来不提巴鲁表叔和九娘的事，也从不让从文表叔发现我清楚这些底细。

我青年时代有个七十多岁的忘年之交，他是位当过土匪的造枪铁匠。我曾请他锻造过一支鸟枪。他常用手直接从炉膛里把烧红的钢管捏出来，随即用铁锤在砧上锤炼。我提醒他应该使用铁钳时，他匆忙地扔下钢管，生气了：

"你嚷什么？你看，起泡了！烫得我好痛！"

也就是说，我若果不提醒他，捏着烧红的钢管是不会痛的。真不可思议。

从文表叔仿佛从未有过弟弟妹妹。他内心承受的自己骨肉的故事重量比他所写出的任何故事都更富悲剧性。他不提，我们也不敢提；眼见他捏着三个烧红的故事，哼也不哼一声。

四

一九五三年以前，我住在香港，一直跟表叔有书信往来。除我自己的意愿之外，促使我回北京参加工作的有两位老人，一是雕塑家郑可先生，一个就是从文表叔。由于我对于共产党、社会主义建设的向往，也由于我对两位老人道德、修养的尊敬和信任。最令我热血沸腾的是，我已了解到从文表叔当时的处境很坏，他的来信却是排除了个人痛苦而赞美共产党和新社会。他相信我比他年轻，因而能摆脱历史的因袭，为新社会贡献所长。道理十分通达易懂，真诚得比党员同志的劝谕更令我信服。

可惜所有的通信，那些珍贵的蝇头毛笔行书，都在文化大革命中烧毁了。

我不清楚他如何与共产党结下了芥蒂。我想，其中的问题，文化历史学家如果觉得还值得研究的话，终有一天会把这些有趣的材料整理出来。但在我们早些年的通信以及若干年的现实生活中，套用一句国内常用的话，他和我对于共产党和社会主义，是有个"认识过程"的。

说到"认识过程"，对于我们，在"四人帮"或更早一些时期，一般是我们很少有机会运用的。总是来不及。有如军事训练中在饭堂吃饭一样，好大一碗白饭下命令两分钟吃完！

"认识过程"在某些人身上却是一种洗刷关系、不负责任的特权。这句话一说，拍拍屁股，他什么事情都没有了。

我就有过这样的例子。

有这么一位同事，过去不认识，工作和口头从来没有发生过不悦的芥蒂，也很少私人接触，只可惜一有运动他就盯住我不放，甚至迫不及待地将我推到火线上挨子弹的靶子位置。当然他一个人的心愿并不一定能成为事实，咬牙的恨恨神气却令人难忘。到了"文化大革命"，我被揪在"牛棚"，他在"牛棚"之外估计自己的处境一定也忐忑不安，即使在这样的大动荡中他也没有放过我，千多人的斗争会，老婆、小女儿一齐上阵，嚷了些我的"罪行"，成不了什么篇章。

"批林、批孔、批周公"时期，他也活跃得十分生动。等到"四人帮"伏法之后，却是让人写出了一篇他"任何时期都没犯错误"的表白文章。

这一着聪明棋可是走蠢了。你在"反右"时期、"文革"时期都没有犯过错误？你想想，你是个什么人啦？你岂不承认自己是个小滑头？

好了，"四人帮"伏法之后不久，他来找我了，沉重地压低着嗓门告诉我，对我多少年的问题，他是有个"认识过程"的。

我笑了。我想，好呀，你呢，你害人，想置人于死地，一次又一次的"锲而不舍"，到头来倒是"认识过程"。

我呢，却永远在他的"认识过程"中当"反革命"，当"反动的资产阶级文艺思想"的代表。

连认错也吞吞吐吐，真是个可怜虫！后来我写了一首诗"纪念"他，题目是"不如一索子吊死算了"，戏称他为"失了业的奥赛罗"。

从文表叔和我的认识是扎扎实实用无数白天和黑夜的心跳，无数眼泪和汗水换来的。我们爱这个"认识"！值得！不后悔！

毛泽东同志教导我们："人的因素第一。"

这是一点也没有错的。对于理论，我不懂，但是崇敬；对于人的因素，我觉得悲哀。我默祷作为"人"的心理障碍加诸建设的困难，加诸另一些也是"人"的层层痛苦，真是越快解放越好！否则，日子不好过啊！但从另一个角度来看，却不能不崇敬毛泽东同志的英明和预见，他说"人的因素第一"当然也包括坏"人"干起坏事来也是"第一"这个含义。

五

一九五三年我和妻儿一起回北京的时候，我是二十八岁，儿子才七个月。

从北京老火车站坐着古典至极的马车回到从文表叔的北新桥大头条寓所，那是座宽敞的四合院，跟另一和气的家庭同住。

解放前夕，他写过不少信，给我报告北京的时事以及自己当时的感想。

他直率地表示不了解这场战争，要我用一千、一万、十万张画作来反对这场让老百姓流血吃苦受罪的战争。我觉得自己的认识在当时比他水平高一点，能分得清"人民战争"和其他不义战争的性质。何况打倒国民党蒋政权反动派是当时有目共睹的好事，除了共产党和解放军，谁有本领做这种事呢？说做，不就成了吗？

不久，北京傅作义的部队被解放军团团围住了。他来信说："北京傅作义部已成瓮中之鳖，长安街大树均已锯去以利飞机起落，城，三数日可下，根据过往恩怨，我准备含笑上绞架……"

这当然是一封绝望至极的信。我当时觉得未必像他所说的那么严重，处境不好，受点羞辱是难免的。一个文人，又没投靠国民党反动派，杀你干吗？

一段时期没信来，接着是厚厚的一封：

"……解放军进城，威严而和气，我从未见共产党军队，早知如此，他们定将多一如我之优秀随军记者。……可知解放广大人民之不易……你应速回，排除一切干扰杂念速回，参加这一人类历史未有过之值得为之献身工作，……我当重新思考和整顿个人不足惜之足迹，以谋崭新出路。我现在历史博物馆工作，每日上千种文物过手，每日用毛笔写数百标签说明，亦算为人民小作贡献……我得想象不到之好工作条件，甚欢慰，只望自己体力能支持，不忽然倒下，则尚有数万数十万种文物可以过目过手……"

以后就是一连串的这种谈工作、谈如何得意的信，直到我们重新见面。

北新桥的生活其实从物质到精神都是慌乱的。

两个弟弟在学校正忙得火热。表婶在一所权威中学也忙得身不由己。表叔自己每天按时上下班，看他神色，兴奋之余似乎有些惶恐，和"过去"决心一刀两断的奔赴还存在悲凉感。他尽量地对我掩盖，怕我感染了他的情绪引起诸多不便。

有一个年轻人时常在晚上大模大样地来找他聊天。这不是那种来做思想工作的人，而只是觉得跟这时的沈从文谈话能得到凌驾其上的快乐。

很放肆。他躺在床上两手垫着脑壳，双脚不脱鞋高搁在床架上。表叔呢，欠着上身坐在一把烂藤椅里对着他，两个人一下文物考古，一下改造思想，重复又重复，直至深夜。走的时候头也不回，扬长而去。

唉！我一生第一次见到这种青年，十分愤恨，觉得好像应该教训教训他。表叔连忙摇手轻轻对我说：

"他是来看我的，是真心来的。家教不好，心好！莫怪莫怪！"

第一次的这种体会对我十多年以后的"文化大革命"的遭遇真起了一种先验的作用。那时多么渴望有个真心能聊聊的朋友，粗鲁也好，年轻也好，这有什么关系呢？

那时能悄悄走来看看你，已经是一个大勇者了。

一九五四年、一九五五年日子松动得多，能经常听到他的笑声。公家给他调整房子虽然窄小，但总算能安定下来。到中山公园、北海、颐和园玩得很高兴。五十多岁的人，忽然露出惊人的真本事，在一打横的树上"拿"了一个"顶"。又用一片叶子舐在舌头上学画眉叫，忽然叫得复杂起来，像是两只画眉打架。"不！"他停下嘴来轻轻对我说，"是画眉'采雄'（交配的家乡话）。"于是他一路学着不同的鸟声，我听得懂的有七八种之多，有"四喜"、"杜鹃"、"布谷"、"油子"、"黄鹂"……"尤其难学的是喜鹊！你听，要用上腭顶抵着喉咙那口气做——这一手我在两汉河学来费了一个多月，上腭板都肿了……"他得意得不得了。

"龙龙、虎虎听过吗？"

"对咧！他们一下长大了，忘了做给他们听了！"

就算说这些话距今也是三十多年了。

他还记得许多山歌。十几年前我的一位年纪大的朋友委托我向他求一张条幅，他却写满了情歌，而且其中的一首毋庸置疑是首黄色山歌，令我至今还扣在箱底不能交卷。

在他的晚年，忽然露出淘气心情倒是有过三四回，甚至忘情地大笑起来。一次是因为两位老人结婚提到喜联的内容，他加了一点工就变成绝妙的含义，连眼泪都笑出来了。

一九五七年"反右"，倒给他逃脱了。这恐怕是上面打了招呼的缘故。不过即使上面打了招呼也还是戴上了"帽子"的熟人倒也不少。行话叫作："自己跳出来！"

从文表叔在"反右"前夕有过一种有惊无险的巧遇。

那时"引蛇出洞"刚开始，号召大家"向党提意见"。表叔这个人出于真心诚意，他完全可能口头或书面弄出些意见来的。他之所以一声不响是因为一次偶然的赌气救了他。

"鸣放"期间，上海《文汇报》办事处开了一张在京的知名人士的约稿或座谈的长长名单，请他们"向党提意见"。名单上，恰好著名演员小翠花的名字跟他相邻，他发火了。他觉得怎么能跟一个唱戏的摆在一起呢？就拒绝在那张单子上签名。

我没听说过他喜欢京戏，高兴的时候曾吹牛用几块光洋买票看过杨小楼、梅兰芳的《霸王别姬》，我半信半疑。即使是真事，他仍是逢场作戏。否则，看见自己的名字跟小翠花这京剧大师排在一起时就会觉得十分光彩，怎么生这么大的气？

由于对京戏的外行而失掉了"向党提意见"的机会，从而在以后不至于变成"向党进攻"的右派分子。小翠花京剧大师救了他，他还不知道。

曾有一位文化权威人士说沈从文是"政治上的无知"，这不是太坏的贬词，可能还夹带着一点溺爱。到了十年后的"文化大革命"时期，对"政治的无知"已成为普遍的通病，那位文化权威身陷囹圄浑身不自在时，灾余之暇，不知有否想到当年对沈从文的政治评价？虽然至今我认为还是说得对的，只可惜在历史的嘲讽中他忘了自己。

"文革"时期被动的死和主动的死之间已在麻木的惊恐中变得毫无区别。即使活下来亦颇不易。毛泽东主席说过的"一不怕苦，二不怕死"的话已被人暗暗改为"一不怕活，二不怕死"。

"活"这个东西早不属政治范畴。理性和良知被恶兽吞食殆尽。

"反对小谢就是反对我。"这句最后的"最高指示"还令全国人民敲锣打鼓绕街三天。谁能说得清这句话的文化价值和政治价值以及智商程度呢？因为游行队伍中也有兴高采烈的政治理论家们在内啊！

什么叫作政治的"有知"呢？

"有知"如刘少奇主席，尚难逃脱一死。

老子曰："治大国如烹小鲜也。"

煎鱼的时候不停地用锅铲翻动，岂不七零八碎了？

从文表叔跟所有凡人一样，的确很不懂政治，亦无政治的远大志向。解放后他一心一意只想做一条不太让人翻动的、被文火慢慢煎成味道过得去的嫩黄的小鱼，有朝一日以便"对人类有所贡献"。

客观的颠簸虽然使他慌乱，主观上他倒是不停地在加深对事物的"认识过程"，且从不失人生的品位。

有时，他也流露出孩子般天真的激动。五十年代苏联第一颗卫星上天，当日的报纸令大家十分高兴。

我恰好在他家吃饭。一桌三个人：我、表叔和一位老干部同乡大叔。

这位大叔心如烈火而貌如止水，话不多，且无甚表情。他是多年来极少数的表叔的知己之一。我十分欣赏他的静默的风度。

"哎呀！真了不起啊！那么大的一个东西搞上了天……嗯，嗯，说老实话，为这喜事，我都想入个党作个纪念。"

"党"是可以一"个"一"个"地"入"的，且还是心里高兴的一种"纪念品"！

我睁大了眼睛，我笑不出来，虽然我想大笑一场。

大叔呢，不动声色依然吃他的饭，小心地、慢吞吞地说："……入党，不是这样入法，是认真严肃的事。以后别这样说了吧！……"

"不！不！……我不是真的要入党……我只是……"从文表叔嚅嗫起来。

大叔也喑着喉咙说："是呀！我知道，我知道……"他的话温暖极了，生怕伤害了老朋友的心。

六

要生活下去，就必须跟"它"告别而另起炉灶。

"它"，就是多年从事的文学。

从文表叔的决心下得很蕴藉，但是坚决。

三十多年来，只有过一篇回乡的短短的游记，其余的就是大量的有关文物考古的文章。不过仍然是散文诗似的美。

钱钟书先生有次对我谈起他：

"从文这个人，你不要以为他总是温文尔雅，骨子里很硬。不想干的事，你强迫他试试！……"

这是真的。

倒也是对了。如果解放以后不断地写他的小说的话，第一是老材料，没人看，容易扫兴；第二，勉强学新事物，无异于弄险，老媳妇擦粉打胭脂，难得见好。要紧的倒是逢到"运动"，抓来当"丑化新社会"、"丑化劳动人民形象"的典型，命中率一定很高。

当时下决心不写小说，恐怕也没有太多的"预见性"，不过只是退出文坛，省却麻烦而已，也免得担惊受怕。

这个决心是下对了。

三十多年来在文物研究上的孜孜不倦见出了成绩，就这点看，说他是个老老实实、勤勤恳恳地一直工作到咽气的研究者，怕还不太过分吧？

七

文学在他的身上是怎么发生的?

他的故乡, 他的家庭, 他的禀赋, 他的际遇, 以及任何人一生都有那一闪即逝的机会的火花, 都是他成为文学家的条件。

在作品中, 他时常提到故乡的水和水上、水边的生活。少年和青年时代, 水跟船令他得到接触生活的十足的方便, 加上年轻的活跃时光, 自由的情感, 以及对于自己未来命运的严肃的"执着"。

他说的那本"大书", 是他取之不尽的宝藏。他的用功勤奋, 特殊的记忆力, 都使他成为以后的这个丰盛的"自己"。

他成为作家以后的漫长年月, 好像就没有怎么认真地玩过了。他也不会玩, 他只是极好心、极有兴趣地谈论、传达别人的快乐。为别人玩得高兴而间接得到满足。凡是认识他的人都了解他这个特点。

他敏感于幽默。他极善于掌握、运用幽默的斤两和尺寸, 包括嘲笑自己。

他诚实而守信。拥有和身受过说不尽的欺骗或蒙受欺骗的故事，却从不自我欺骗和欺骗别人。他顽固的信守有时到了不近人情的程度。然而他容易上当常常成为家中的笑柄。

这就不能不提一提几十年前我还能搭"末班车"地接触过一些故乡的风土人情，跟他的文学生活有一点关系的人事根源。

…………

从文表叔的父亲，我的姑公，我小时候总觉得他对我特别好。他给我表演耍他的关刀，双手平举被他磨光了把柄的石锁，一边还"嗷嗷"呼叫。教我把式、出拳的秘诀，要如何防人家的"叶底偷桃"。

我父亲跟他也非常亲近，佩服他。

我记得他时常出门，又时常回来。

家乡传说他"很有几手"。又说是一个小个子的姓朱的剃头师傅指点的。原只是"演武场手艺"，后来"立了门户"，三五个人近不得他。

那时候的剃头师傅挑了副讲究的木担子，一头是坐桶，一头是搁着铜脸盆、搭着毛巾的花架子。要剃头的人往桶上一坐，自己双手端着盛头发的镜子托盘。从狭小的镜面里看得见自己皱着眉头的模样。剃刀是折叠的，刀背很厚，像一把缩小了的斫骨头的屠刀。

担头上搁着几个洋铁盆子，一个盛着明矾，一个盛着洋碱，一个盛着皂荚，还有些梧桐刨花片泡的黏黏的液汁，小盆里有一些细黄的生切条丝烟。

我对那些长得像冰糖似的明矾特别有兴趣，是那些老家伙剃完大光头之后磨亮头皮用的。光就算了，还磨亮做什么？映着太阳有什么好？北门上开染坊后来当镇长的苏儒臣就是这样，好大一个脑壳，在城门洞钻进钻出，很刺眼睛。

姑公不用明矾，剃光了脑壳就算。他的脑壳也很大，个子高不显。他坐着，小小剃头师傅踮着脚才看得见天灵盖。

姑公当年遇上朱师傅就是这样子的——

头"沙、沙、沙"地剃到一半，满头洋碱泡沫，朱师傅看见了院子里的石杠铃、石锁和刀枪架子。那时候姑公三十来岁，朱师傅怕是有七十多了。

"这些家伙是贵府哪位玩的？"

"我。"

"啊？练的是哪一路？"

"昆仑。"

"昆仑？咱们沅河没有昆仑哪！"

"过去有！"

"过去有？我怎么不晓得？"

"啊！你老师傅什么都晓得，看样子是门里头的？"

"不！进什么门？吃粮的。"

"广粮，黔粮，川粮，本地粮？哪样粮？"

"太平粮，哈哈……'金沙滩'一仗败了！……"

"那你？……"

"打不赢萧恩的那种角色。哈哈哈！"

就这样叙起同行来。

还留着未剃完的小半边头，满脑壳淌着洋碱水，在石板院子里就"走"了起来。一个是故意求教，一个是耐心讲"解"。一边"搭"，一边"撤"，越来越紧，姑公忽然使了个绝扣，朱师傅手一抬再一反弹，姑公蹿出一丈多远，撞在墙上，顺墙根坐下了。

从此姑公当了朱师傅的徒弟。到后来，朱师傅两眼全瞎，沈家办喜事的时候，我父亲跟其他几个表弟用竹竿子从沙湾把他引来喝酒。那时大家称他为"朱鼓子"，是一种尊称。（这段故事为我父亲讲述，约其大意述之。）

姑公有一天下午躺在床上跟西门坡聂胖子表叔聊天，聊着聊着没答话了，原以为他睡着了，却听不见应有的鼾声，一摸鼻息，知道已经去世。记得停灵时，他的个子太高，脚底下还垫了张小方桌。是在大桥头朱家巷的事。以前道门口的老家已换了人家。

八

从文表叔少年时跟的部队具体情况我说不上来。就我小时候对周围人情事物的回忆，可能还记得大意。

湘西十县那时候是由一位名叫陈渠珍的军人管领。名义上他是陆军三十四师的师长，实际上他的兵权很大，四川、贵州都有他的师长、旅长部下，如家乡的戴季韬、顾家齐旅长，龙云飞后来成为师长的力量就更不在话下。所以家乡人往往亲昵地称他为"老师长"，也称他为"老王"。

蒋介石在我们那儿原先是没有"称呼"的，老老小小都直叫他"蒋介石"，一直到西安事变以后，才改为"蒋委员长"。跟着是《长河》一书中所说的"新生活"的到来。

在湘西人的心目中，当时的对头是何键，他是湖南省省长。

"老师长"壮实、魁梧，浓眉大眼，留着厚厚的八字胡。何键也留八字胡，是个地道的鹅蛋脸，倒眉毛，看长相就该挨打。

我们小学时就学拳术、搏击、打枪放炮、单双杠、"打野外"，自学骑马，是一种严格的学业规定，不许不及格。为的是长大了，谁来湘西就打谁。

陈渠珍老先生是有点雄才大略的，只是他缺少更长远的眼光。一个调理好的湘西，修一座新城门，造一道新"跳岩"，搞一片新市场，顶个屁用？

红军长征路过湘西，他闪开了自己的部队，并且还帮了些物质上的忙。解放后共产党念旧没有忘记他，不算他的老账，还请他上北京做第一届的政协特邀代表。

偏安非万全之策，在一九三五年、一九三六年前后，蒋介石的力量伸进了湘西，大兵压境，他即被请出去当了个闲差事。"中央军"的代表势力柏辉章展开了屠杀的新一页。他们原是杀给陈渠珍看的，陈却走了。

城边"考棚"的照壁，不少木钉子上经常挂着一串串的、从乡下割来的据说是土匪的耳朵（每人割一只左耳）。

蒋介石武力伸手之前，故乡好像生活在辛亥革命以来的传统中。我们幼小的心灵里除孙中山外，还知道有秋瑾、宋教仁、黄兴、廖仲恺这些了不起的人，本县穿将军服、帽子上顶着一撮白色羽毛的将军的照片也见过几张，如"田三胡子"、我小学同学陈绍基的爸爸陈斗南等。

凤凰县是陈渠珍的故乡，无疑就成为湘西的"首府"。军事、政治、经济、文化，凤凰县说了算。难得有人不听话。

陈渠珍有九或十一个夫人。此外，爱读点古书，对何键最大的容忍就是允许在学校里推广四书五经及《古文观止》，教授诗词格律。这从来是何键提倡的。

文化生活方面，湘西那时候除"汉戏"之外，还有"傩堂戏"、"阳戏"、"木脑壳戏"。年终演"还傩愿"时免不了又有一番热闹。

陆军新编三十四师师部有许多精英。副师长、参谋长、军需长、副官长、军法官、书记长……以下又有旅长、团长、营长诸般系列。他们都是走南闯北的人，京戏因此成为所有人的时尚，上发条的留声机是时髦的传播媒介。黄昏时分，到处都响起了二胡声与高亢的嗓子，讲究的还有全堂锣鼓。

师部的幕僚文官靠着鸦片烟灯过足了瘾，不免就连比画带唱地摇摆起来。

凤凰县的吃有自己一套体系。酒的品味是开放的，五加皮、苞谷烧、绍酒、水酒一概欢迎。菜特别着重油、辣、麻、辛，再突出"浓"、"野"二字。不论官职大小，都以能弄出一两手好菜为荣。

年轻的军官有自己的抱负，逐渐外流，以致这个真正"割据"的部队越来越显得"古典"，形成之后的落寞。

但那时候不同，那时候很兴旺。县城里有为部队服务的"枪工厂"、"皮工厂"、"木工厂"，用火油发电，大桥头"枪工厂"出现了引得全城轰动的第一盏电灯。"无线电队"开始为部队服务。无线电队第一次向群众公开，在"箭道子"鼓楼来了个公开表演，机器摆在楼上显眼地方，老柳树上架着大喇叭，就是能听得到上海的梅兰芳唱戏。傍晚三四千人站在广场，满耳哇里哇啦，什么也听不见，于是就骂起来：

"你妈！听我个卵！梅兰芳，霉豆腐都没有！还讲无线电，那么多'线'还'无线'！骗哪个？"一哄而散。

部队分散在沿江各处，相对安定的时候，小首长当然也是如此这般地安排生活。从文表叔青少年时期跟部队在一起时，性质跟我了解到的这一些相距不会太远吧？

我父亲当年的同学和朋友大部分都靠这个部队养活。黄锦堂、方麻子方季安、方仲若、段易寒、顾家齐、戴季韬……这些人都是很有棱角、风采各异的人物，值得在以后有空的时候慢慢记下些有趣的逸事。

另一位田君健，他就是准备跟从文表叔与巴鲁表叔一起写"抗战史"的合作者，一九二七年以前凤凰县中国共产党的重要成员之一，十年之后却成为国民党的抗日将领。他对国民党当时的腐化堕落有沉重的认识，命运的安排却叫他和他一师的部队战死消亡在"辽沈战役"（或是"淮海战役"）战场之中（《毛泽东选集》附注中点到了他）。奇怪，故乡凤凰县新编的县志好像没有写到这些事，是回避还是不知道呢？我觉得一部历史的编写，重在详尽的纪实。好心的取舍总不免流于主观，对历史反而无益。史料是给人用的，于历史人物上加上良好愿望的取舍，虽属好心，效果却成白费。天长日久，令人浩叹！

做学问，求知识，编"志"书，不宜跟佛教小乘中学。《十诵律》有云：

"我听啖三种净肉，何等三？不见，不闻，不疑。"

要周全，哪能不疑、不闻、不见呢？

九

从文表叔对政治有情缘，有感受，只是没有时间和兴趣培养分析能力。心里没有政治，大不了落个"无知"的称号；对政治发生兴趣会落个什么下场，那就只有天知道了。他太忙，倒成全了他。

江青是他在山东教书时的学生，对从文表叔是有好感的。美国女作家威特克那本书里记录在案。

江青伏法之后，家里不经意吐露过一些零碎事情。她跟从文表叔一家并非只是淡漠的师生关系来往，曾趁表叔不在家的时候，热心度量过表叔的衣服尺寸，要给他织一件毛衣呢！

那时，从文表叔、兆和表婶已经结婚了。要不是来往密切，就不免显得唐突之至。

此外，表叔婶几十年来从没提起过江青，江青自然也未提过沈从文，除了她这次得意忘形的例外。

这一切，也就烟消云散了。

老子云："得之若惊，失之若惊，是谓宠辱若惊。"

幸好江青几十年来把从文表叔忘记了，也幸好从文表叔没有往上凑合。好险!

康生是个有趣味且有点学问的人,可惜做了那么多深刻的坏事,不得世人原谅。他死的那天,报上发了消息,我在表叔家提起这件事,表叔流下了眼泪。

"你哭他干什么?他是个大恶棍!大坏蛋!"

"哦!是吗?唉!中国古代服饰史方面,他关心过啊!"表叔说。

郭沫若为他那本书写过序,逝世之后,不知他哭过没有?

对于政治学习,我跟他有许多相像的地方。记不起政治术语、概念、单词,尤其是在学习会上发言时用不上,显得十分狼狈。

初时的荒疏形成日后的畏惧。

说的是"政治决定一切",是一切从属物的"祖宗"。又说:"你不关心它,它也要关心你。"

林彪也说:"政权就是镇压之权。"

几十年来在我们的心里头不免形成"物我两忘"的境界。不想它倒没事,一想它就不能不怕。

"关心政治"是对的，不"关心政治"是错的；到了运动一来，揪出的人都是因为太"关心政治"而倒了大霉。

"没有调查就没有发言权！"说得是对极了。有了调查，有发言权没有呢？于是学习会一下变成"引蛇出洞"的打蛇现场，发完言后，原本应是"闻者足戒"的那些人忽然翻了脸，连想说"咦，你们原先不是说……"的机会都没有。

不少的党内党外朋友为此而成为活着的"烈士"。

还是林彪说的那句话中肯易懂：

"理解的要执行，不理解的也要执行；在执行中加深理解。"

早这么说不就结了！大多数都是不够"理解"的人，"执行"就是，管他理解不理解！

"菩提本无树"嘛！

既联系不到实际，其本身的专注又带来可怕的后果，生活、工作、学习、休息都受到干扰，静静承受，在夹缝中偷偷地把微小的理想具体化吧！

"四人帮"死笨！不准我们教书，不准我们参加社会活动，不准我们发表作品，把我们留在家里，支同样的工资，叫作"把他们养起来"，结果累坏了那些老实的"好人"。又是教书，又是游行开会，又是政治创作任务，成天在外头转来转去不得休息。要换我是江青，就把我这个姓黄的抓来，按时上下班，一天交三十张画，就十二元工资，看你姓黄的心里还笑不笑？江青不这样。她想不到这么深刻的地步。她坏也坏得浅薄，使得我们在这段宝贵的时间里读了许多好书，画了足够个人开十个展览的画。一个朋友对我们当年的处境提过尖锐的意见：

"当年你们显得不够沉重，不够凄惨，不够'抬不起头'。太轻松，太得意。我替你们捏一把汗！……"

"四人帮"那段漫长的时间里，十亿人让那一小撮混蛋耍弄，真是天大的笑话。

幸好表叔和我那时的价值处于"才与不才之间"，因为"运动的重点"是整那些"党内走资本主义道路的当权派"。

归根到底，还是实实在在做些事情好。

我们共同的一位好朋友信中规劝我说："……要善自珍重……"看来这是上上签，只是达到这种境界真不容易。

表叔死了，我也到了"天凉好个秋"的年龄。对于人的情分既有过"相濡以沫"的际会，也能忍得住"相忘于江湖"的离别；在生活中既可以"荡漾"，也经得起"颠簸"。这都是师傅逼着练出来的。"严师出高徒"嘛！还是不应该有太多的怨尤为好。

十

表叔在临终前五年得到党和政府的认真关注，给了他一套宽大的房子，并且配备了一辆汽车和一个司机。遗憾的是太晚了。他已没有能力放手地使用这套房子。如果早二十年给他这个完美的工作环境，他是一定不会辜负这种待遇的。眼前他只能坐在推车上。熟人亲戚到来，说一点好朋友的近况，他听得见，却只能做出"哇、哇、哇"的细微的声音和夺眶而出的眼泪的反应。

去年，我从家乡怀化博物馆的热心朋友那里得到一大张将近六尺的拓片，从文表叔为当年的内阁总理熊希龄的年轻部属的殉职书写的碑文，字体俊秀而风神洒脱之极。我的好友黄苗子看了说："这真不可思议，要说天才，这就是天才，这才叫作书法！"

书写时间是民国十年，也即是一九二一年，他是一九零二年出生的，那时十九岁整。

为什么完整地留下这块碑文呢？因为石头太好，底面用来洗衣十分光洁适用。

我带给表叔看，他注视了好一会儿，静静地哭了。

我妻子说："表叔，不要哭。你十九岁就写得那么好，多了不得！是不是？你好神气！永玉六十多岁也写不出！……"

他转过眼睛看着我，眼帘一闪一闪，他一定在笑……

十一

去年精神好的时候，还坐在椅子上看凌宇写的《沈从文传》的初稿，还能说出意见。

那时候曾起来走过几步路。

更早些年住在另一套较小的房子的时候，英国BBC的《龙的心》电视专辑摄制组访问过他。他精神好，高高兴兴说了许多话，有些话十分动人：

"我一生从事文学创作，从不知道什么叫'创新'和'突破'，我只知道'完成'……克服困难去'完成'。"

又说："……我一生的经验和信心，就是不相信权力，只相信智慧。"

有一次我也在场，他对一个爱发牢骚的、搞美术理论的青年说："……泄气干什么？咦，怎么怕人欺侮？你听我说，世界上只有自己欺侮自己最可怕！别的，时间和历史会把它打发走的……"

我们祖国古时候叫"砚台"作"砚田"，叫"作文"谋生为"笔耕"，无疑文章可以叫"字米"了。

农民种地出米，文人笔耕出字，自来是受到尊敬的。

对政治生活，我看各行各业只要有个正确的倾向应该算是很政治的了。努力工作就是政治的一把好手。

又是文艺家，又必须用百分比很大的时间去学习政治，比如五十年代上半段学《联共（布）党史》，就花去人们太多的时间和精力。把这些时间和力气用在工作上，要上算得多。以后一个运动接一个运动，非本行的耽误太多，影响了国力的充实，这是大家都看得到的，还不论对人们的伤害。学习政治的目的不过是要人认识政治的好处，结果却是身体内外都感受到政治的阴险可怕。

比如文化艺术界不管男女老少都要下乡下厂体验生活，和劳动人民做朋友，学他们最本质的高尚品德，跟他们共呼吸、同患难……全世界古往今来也没有过这样教育人，使人自豪、高尚、有出路的"文艺宪法"，而且还订下具体措施，给予支持、鼓励和物质帮助。说给外国朋友听，莫不羡慕而神往。

不管在"政治"上当时我被看作多么地没有出息，及至老年后的追思，从这些漫长的活动中得到的教益真令我感激不尽。

但是问题也就在这里。事情很多做过了头，忘记了下乡下厂的本来的意思。很多时间用在访贫问苦、种地、挑粪、挑水上，女同志还帮贫下中农洗衣……用意很好，可以深化改造思想的功能，只是影响了本职工作，忘记我们是来干什么的了。

回去开总结会，总是强调思想收获很大。纵使提到本行业务的收获，也很难理直气壮。结果是，往往不搞业务的人下乡和回来时的嗓门最大，因为他们可以全力投入在劳动上，而不像专业人员无论如何也逃避不了三心二意。

年老和年轻的、党外和党内的差距自然而然也就更大起来，各怀鬼胎地各自揣摩"革命形势大好"的含义。然而在乡下交了朋友，培养了感情之后，回来却不免产生一种孤独的幽默：

"为什么每一次我碰到的乡下形势都不大好呢？"

要我们到实际生活中去，又不要我们在实际生活中接触实际，联系专业，那么，让我们下乡干什么呢?

年年城市、乡下来回奔波，劳累而丰富的生活却只要简单地在回来汇报总结时说一声："好!"

人于是就变得聪明了。深刻地吸收、发掘、探索，在发展变异的生活中，出现无边无际的人民的伟大的悲欢，却装得像个木头人睁大着茫然的眼睛：

"我什么也没有看见，也没听见，也没说过，也没想过，也没写过。"

我不知道辛格、卡夫卡、海明威、斯坦贝克，甚至托尔斯泰、左拉、巴尔扎克、福楼拜、狄更斯，甚至伏尔泰他们，有没有碰到调整领导关系的问题? 只看见受他们文化成果启发的人们一代比一代聪明。

…………

思想的活跃是绝对的，被禁锢和开放的形式是相对的。即使是不说话的鱼，它也有表达思想情感的特殊方式，何况乎人。

…………

三年困难时期，我带着几十个大学三年级的学生下乡，地点在辽宁金县朱家屯的渔村"黑咀子"。我把不到四岁的女儿也带在身边，让她长长见识，虽然生活艰苦，却是十分值得。

她睡在一堆高高的旧渔网上。跳蚤多，咬得满身红点，成天跟渔民混在一起。新鲜而健康的生活使她忘记了北京和妈妈。

有一个十八九岁的女孩子打从五里外的一个村子来看她，说要把女儿接走上她家去玩，晚上再送她回来。

很难推托这真挚的好意，也不免担心一个四岁大的女儿让一个陌生女子带到五里外去。我于是只好陪同前往。

真难以形容那位女孩子的高兴，一路上不停地哄着我的女儿，说要给她一个好东西。一些辽宁的方言我并没有完全听懂。

好不容易来到一个小山坳里，错落分布着几座土屋，人都下地了，"呱呱鸡"（一种苇子里做巢的小鸡）噪得厉害。

女孩子急忙从怀里取出钥匙开了门。左边一单人床大的火炕，还温温地培植着白薯秧子。她又匆忙地打开了卧室，大炕上也培植着白薯秧子。

"你看，你看，我会给你什么？等着瞧，你看我给你什么。"

她踮着脚站在炕沿上，打开了炕头小木柜上的锁，取出一个蓝布包袱来。打开包袱还有一个层层绵纸包着的东西——

"你看，你看，我给你什么……"

她手里托着一个鸡蛋大小的、干硬了好些时候的白面馒头。我绝对没有想到竟会是一个馒头。

它是个精心制作出来的浑圆的小白面馒头，可能因为找不到胭脂红，只在中间用蓝墨水染上一朵小花。是一个乡村女贫乏而珍贵的藏品。这会是哪年哪月的东西呢……她用了多大的忍耐才留到今天？她也是个孩子呀！

馒头是麦子做的，是她和她的父母兄弟种出来让大家吃的……难道她只有这一点珍藏的权利？

女儿几乎看傻了。

我提醒女儿说："谢谢姐姐啦！"

女孩子高兴得什么似的："不用谢！不用谢！你快吃呀！快吃呀！你吃呀！……好吗？你快吃呀！……"她蹲着，两眼笑眯眯地看着我的女儿。

然后她又忙着给我们烧开水喝，让女儿坐在她的身边。她拉的风箱使女儿着了迷。……

回来的路上剩下我们父女。我们原先没有说话——后来一路上也没有说一句话。

我真抱歉，让不到四岁的女儿体验到这些人性的痛苦。……

快到门口的时候，女儿回头睁着大眼睛望了我一下。

像是一种默契。

十二

一九六三年北京城有过一次重要的文化活动，把在京的部分文艺工作者集中到中央团校学习，然后组织成一二十个分队到全国各地去开展文化工作，名字叫作"中央文化工作队"。我们的队去辽宁盖平县。在那里，整整待了一年。

我们的队以一个中央级的西洋音乐班子为主体，配搭着京戏、话剧、舞蹈演员和有我在内的两个画家。

大雪天，我们来到一个叫C屯的村子。说是来工作、来服务的，农村也的确十分干渴地需要文化生活；遗憾的是我们中央的牌子太大了，难免要惊动省委、地委和县委，因此所到之地，事先已经有人去打招呼，安排料理生活起居、交通往来、演出场地……结果出现了一个为中央文化工作队服务的专业工作班子。周到而客气，气氛热烈，有如植树节首长们的植树活动。

C屯是一个千来人的村子。我们开展了访贫问苦、参加劳动、座谈会，以及演出活动。演出活动分两种，一种是我们为农民演出，一种是短期培训农民和我们一起演出。

临别前夕的演出十分动人。全村十几二十岁没出嫁的大姑娘在台上居然跳起专业性的舞蹈来。连做父母的也觉得奇怪："啥时候闹的？学得这么快？三两天就上台了？"

主客双方都兴奋。全村四处都亮着灯直到天亮。

天一亮，我们就告别了。回头远远地还看见C屯的人黑压压一片站在村头不散。

雪大，各人背着背囊和乐器的队伍逐渐拉开，有点零落，累。

一位管事的女高音跟我走在一起，她喘着气，热心地告诉我：

"……昨天半夜，有人来敲我们女班的门，是村子里你说她长得漂亮的那个阚春兰。"

"哪一个？我怎么忘了？"我累得糊里糊涂！

沈从文与张兆和在吉首码头

"瞧你这人！《夫妻观灯》的那个妻嘛！"

"啊，啊！对，对，她怎么哪？"

"……一进门就抱着我大哭。说自己对不住我们工作队，骗了我们。她说她不是贫下中农子女，是富农子女。她想玩，想跟我们工作队一起，说自己是贫下中农子女，还上了台。说我们对她那么好，她骗我们不应该，不讲良心，要我们原谅她……女班的人都醒了，吓住了……有人觉得事情很大……"

"有多大？"我问。

"是阶级立场问题。"她说。

"你有没有想到，C屯的支书糊里糊涂？"

"唔，有点……"

"队长知道了吗？你汇报了？"

"没来得及。"

"今晚上，×家村还有演出，大家累死！队长事也多……"

"今天不汇报。"

"以后呢？日子长了你还记得？"

"可能忘了！"

"你一定忘了！"

她笑了，摇摇头，轻轻叹一口气：

"我会忘的！"

二十五年过去了，经过了"文化大革命"，我十分想念那位女高音。在我回忆中，她、她、她也是很漂亮的……

十三

一九五九年我教的一个毕业班的一位学生使我很生气，他的毕业创作居然是一幅在电影学院念书的女朋友的头像。

这肯定是通不过鉴定的。

他居然不在乎。简直是一点也不在乎。

那么轻率，寥寥几笔，怎么看得出这五年来的辛劳。

我把他叫来痛骂了一顿。他只是听我的话，对我好，但作品却是那么不争气。

最后，因为我自己要下乡画画，便决定命令他跟我一起去，以便有机会盯住他，让他能完成一幅较扎实的作品。

我们回到了我的家乡凤凰县。

从县里到一个名叫"总兵营"的山里，翻山越岭要走七十多里。决定出发的那天忽然下起铺天盖地的大雨。

还有一位十七八岁搞美术的孩子跟着我去，是县里派来给我做向导和干点杂事的。这孩子根本不情愿去，他家里有什么事，加上身体不怎么结实。

出得城来，沿河上行不到半里全身已经透湿。那位"高足"兴奋之至，不停地唱着"娃西丽莎"之类的苏联歌曲。家乡青年一副淋了雨的无可奈何的脸孔，更添几分愁苦。

凤凰县出北门溯流上行不远，就是逐渐陡峭的峡谷，两旁树林在"大炼钢铁"之前是森可蔽日的。我们得经过一些散落而讲究的苗寨，一些"碾坊"、"油坊"，像穿过梦境般地走出一二十里的竹林。

往日的晴天，你有机会看见懒洋洋的金钱豹在高高的山崖上晒太阳。现在不行，整个世界都泡在雨里。

走五里来到"堤溪"。

"堤溪"是这么一个所在。

它是峡谷最幽深、最动人的地方。荡漾的河流水清见底，横着一道渡人的"跳岩"。"跳岩"这东西不说清楚不明白。一二尺乘一尺多见方那么粗，七八尺长的长方石头条，一根根成两排地直插彼岸，高出水面四五尺，人就踩着石头过河。

听着嬉闹的水声，脚下晃荡着水流的影子，周围一片深浅的绿，往往弄得渡人心乱神移。

"堤溪"渡头是一个半圆的小石码头，因为对岸远处山里有几个"圩集"，好天气时就会引来无数的过往客人。于是好久好久以前，冲着"跳岩"，诗意的古人就盖了一座两层的小木房子给旅人供应茶水，间或卖点草鞋，直到后来的火柴、香烟。

现在是下雨，好不容易我们来到这座小木房子里。一身是水，才走了五里，还谈不到上路。

主人清癯瘦小，面目雅致，长年幽谷的生活使嗓音也显得淡远可听。几根短须，一排整齐的牙齿笑得很好。

敞开的门摆着小小的香烟摊子。

"……你们是哪里人哪？"

"我们是凤凰人。"

"啊！出去多年了吧？"

"是呀，二十多年了。"

"哪条街的呀？"

"北门上，黄家的。"

"你是黄校长的儿子吧？"

"是呀！"

"那是师兄了。我是她的学生哩！比你晚多了！那么大雨，你们上哪里去呢？"

"上总兵营，我们是画画的。"

"哎呀！你看，柴都湿了，茶都没有一杯，真不好意思——嗯！上总兵营好久呀？"

"两个月。"

"那么，天气好，我到坡上摘点野茶叶弄好，等你们回来尝尝！"

"那太好了！我们一定回来找你喝茶！"

我们三个人在总兵营足足待了两个月，画了些称心的画。只是那个小家伙颇为烦人，又不明确地说想回城里，只是哼哼唧唧，愁眉苦脸。说是来照拂我，反过来让他一个人回城又拿不出胆子。我们走哪儿他也跟哪儿，只是觉得被动，仿佛我们身边贴着一根哭丧棒。

学生倒是挺开心，自得其乐地哼着苏联情歌。赶场赶圩的时候，居然头上也包裹着又大又花的苗头巾，引来许多好看的苗族女孩的眼色。

两个月很快地过去了。

我故意提议翻山越岭不走正路回城，让那个斗志不怎么样的小子吃一顿最后的苦头。他总算熬过来了。过了"跳岩"，我们来到小木楼跟前，店门上了"板"，只好坐在石阶上歇脚。

真令人遗憾。两个月来，我倒是时不时地想到将要喝到的野山茶，不料成为泡影。

主人今天进城了吧?

剩下的五里路好不容易走完，小家伙也如逢大赦地回了家。

三两天之后，在我回家的坡上路边搁着一副门板，棉被底下躺着一个死人。盘腿坐在旁边的瘦小的老太太呜咽着，轻轻拍着被子：

"孩子呀，孩子！你怎么这么蠢啊？……"

晚上我偶然地提起见到的事，母亲告诉我：

"造孽！那人姓×，是我以前的学生。本分老实了一辈子。在'堤溪'替公社摆个香烟摊，前两天，让过路没良心的偷走了三块钱，不好交代，也没钱还这笔账，想到没路走了，关上店门，上楼一索子吊死了……公社几天没见他交账，才发现他挂在楼上……"

唉！那么说，我们从总兵营回来在他门口台阶上休息的时候，他还挂在楼上哪！

三块钱逼死一个人的日子，但愿永不再来。

十四

讲了三个故事，说明在生活中有的感受画不出来，要写。有的呢，即使写也写不出来，太惨了。所以，世界上心灵的作家到处都是。

从文表叔在当专业作家之前，早就是个心灵的作家了。长大一旦觉醒，就是个当然的优秀作家。他不只会讲故事，还是一个会感应的天才。

会感应，会综合，会运用学识，加上良好的记忆力和高尚的道德，他的成绩真是无愧一生。

自从他告别了文学之后，我有时几乎忘记他是位文学老手。这真是我的莫大损失，没有更多地听他谈谈文学的见解，尤其是解放后他不断地远离文学活动之后的见解，听听他对于现代文学客观的意见。

他是一位极能排除困难、超脱于自我而工作的智者。眼看他逐渐老去，却从未褪去雄劲的生气，他一定会谈出有关文学命运的精辟意见。

回想"文化大革命"那些年月，出名的文学泰斗彻底地否定自己，公开认了错，有的成为中药里的"甘草"。那时候的文坛充满了王维的诗意，只有三两个姓什么的人在"独钓寒江雪"。

当年轰轰烈烈的文学理论论争，神圣的别林斯基、车尔尼雪夫斯基、普列汉诺夫，都被抛到九霄云外。毛泽东主席的《在延安文艺座谈会上的讲话》和鲁迅语录，被不同方式、不同角度地广泛引用，甚至掩盖上句只用下句，不管原文前后到底说的是什么意思来为自己的雄辩服务。

弄得我至今留下了后遗症，非常敬畏现代小说和谈论文学戒律的文章。

"四人帮"垮台到如今好些年了，世界重新认识了沈从文，这和他原先在文章中所提到的"我和我的读者都行将老去"的预计不太相同。五四运动以来从事文学工作的何止千万，为什么就想起他们几个人？

"屈平辞赋悬日月，楚王台榭空山丘。"

应该接近于这个意思的吧！

年轻的一代人，说到沈从文，还以为他是一位刚从写字台面露出头皮的新作家咧！

这说奇也不奇，因为文学规律本身并无新旧之分，只看是谁动手。好像高明的作曲者把七个音符玩得天花乱坠一般。虽然这都是人做出的，但不是任何人都做得出来的。

文学创作个别的发端跟其他艺术的动机一样。历史上作者的经验都各不相同，有的受历史题材的触发，有的受别的题材的触发，甚或受某些抽象感觉或某个具体小物件的触发，出现了创作的火花。

作者本身，不论年岁，无不有从书本或生活累积无数故事或写故事的本领。至于那点世俗称为灵感的东西，并不一定每次都自单纯的故事触发产生。

说得再好不过的是契诃夫和高尔基一次黄昏山坡上散步的经验，契诃夫指着破屋子边被夕阳照亮的一个空罐头盒对高尔基说："你信不信，用它我可以写一篇小说？"

　　安徒生也有过这种墨水瓶灵感的经验。

　　从文表叔一次告诉我，写某篇东西是因为前一篇"太浓"。

　　所以最早他在北大教的是一个特别的课程：小说作法。

　　画画，"四人帮"垮台之后我才敢说，我用这种办法作画及做木刻已经多年。有时因为呆坐着听政治报告无聊，两眼呆望身边掉了绿漆的门板，赶着回家便画了一幅荷花。在那时，荷花帮我表现了我捕捉到的感觉。

　　我儿子十一二岁时，他评价一碗菜汤说："这汤味道真圆。"女儿跟他都一齐长大了，至今还嘲笑哥哥概念上的错误。我看，儿子使用这字，是费了一番心思的，不一定错。

　　概念和感觉的交错和转嫁，使美的技巧增加了许多新鲜。从文表叔的文章中运用这种奥秘十分熟练，所以水气盈盈，把故乡写得那么多情，是有道理的。

　　几十年的"主题出发"、"主题先行"、"领导出主意，画家出技巧"不知坑害了多少人的光阴和劳力。这一切曾经正确过的理论跟不上发展着的生活和头脑了。把一些好事错当成危机而已！想起错过的年月，真令人忧伤。

我没有听从文表叔长篇大论谈过文学。他是个作家，不是理论家。经验和感觉能提高文学的品位，这也不是学校教得出来的。

文学上的造诣，开头三两句就能看出功力，这是谁都明白的事。至于故事，绀弩老人说得清楚不过："要看谁来说它！"

一个短短的笑话，有的人说起来舍不得"丢包袱"，翻来覆去享受他那点有机会发言的快感，却苦了周围的朋友。作为读者，有时看了一些诚恳而无天分的小说，不免为他叫屈，何苦投胎做作家呢？从文表叔曾经开玩笑地说："写了一辈子小说，写得出色是应该的；居然写得不好，倒是令人想不通！"

十五

全世界都知道爸爸这个名分的尊严。

"文化大革命"的年月，幼小的孩子眼看见自己的爸爸在大庭广众中挨斗受凌辱，脸上画了花，头发给剃了一半，满身被吐了唾沫，颈上挂着沉重的牌子。散会的时候，孩子等在会场外面，迎着自己的爸爸，牵着他的衣袖轻轻地说："爸，我们回去吧！"

孩子忘了羞辱，眼前只是永远的爸爸。

从文表叔是我最末一位长辈，跟他相处三十多年，什么时候走进他的家，都是我神圣的殿堂。

一九五零年在中老胡同跟表叔表婶有过近一个月的相处。那时他才四十八岁。启蒙的政治生活使他神魂飘荡。每个周六从"革命大学"回来，他把无边的不安像行装一样留在学校，有一次一进门就掏出手巾包，说是给小表弟捉到一个花天牛，但手巾包是空的，上头咬了一个洞，弯腰一看，裤子也是一个洞，于是哈哈笑着说："幸好没有往里咬。"

这是真的快乐，一种圣洁的爸爸天赋的权利。

我回香港不久，听说他自杀了。表婶没有给我写信，是熟人曲折告诉我的。可想而知，以作家的身份在生活中遇到了生与死的考验。知道获救的消息，我松了一口大气。

这是没有必要的。他说不太了解彼时的共产党；当然，当时共产党领导下的文坛也不了解他。

他是一个不善于解释也从不解释的人。早该自杀而不自杀的人多的是，怎么会轮到他呢？

像屈原说的"内惟省以端操兮，求正气之所由"吗？大家那么忙，谁有空去注意你细致的情感呢？

这个举动可能是他精神上的大转折。活过来之后他想通了。一通百通，三十多年前的事好像发生在别人身上，他生活得从容起来。写到这里，不能不把那两句出名的语录再变一变：

他"死都不怕，还怕活吗？"……

对于自杀这个插曲，我认为最不像他。

什么叫作精神分裂呢？大概是自己觉得太不像自己的一种紊乱情绪吧！天地良心，任谁那时候也控制不了自己！

多少年来，他有一个时相来往的严肃而温暖的集体。我有幸见过他们几面。有杨振声先生、巴金先生、金岳霖先生、朱光潜先生、李健吾先生……他们难得来，谈话轻松而淡雅，但往往令我这个晚辈感觉到他们友谊的壮怀激烈。

老一辈文人的交谊好像都比较"傻"。激情不多，既无利害关系也无共谋的利害关系。清茶一杯，点心一小碟，端坐半天，委婉之极，一幅精彩的画图。这给了他慰藉和勇气。

自杀的原因，有人说是因为他儿时的一个游伴、后来当了军队大领导的一席谈话，也有说是一位记恨的女人的一席谈话等等。这都是无稽之谈。一个人一两句话只有在产生物质的巨大力量时才能决定人的生死，比如说，江青说某人很坏之类。前两者的力量有限之极，何况那位当首长的儿时游伴的谈话虽然粗鲁，却充满好意。

几十年来家里再没有人提起自杀那件事，各种谣言都静寂下来，只剩下一点点巫婆的咒语。迷信的时代已过，区区几口仙气恐怕连上供的蜡烛也吹不熄了。

表叔对于别人的忘恩负义与毁谤及各种伤害，的确是没有空去对付。他放不下工作，也没有想去结交一些充实报复打击力量的人缘。他也不熟悉文坛现代战争的路数。听见不时传来的"啾啾"之声并非不难过，只是无可奈何！有时谈到，也是很快就过去了。

爱默生在他论"喜剧性"的文章中说过："我们最深切的利益是我们道德上的完整性。"

从这个角度来衡量生活中的正负之差，很容易令人得出历史性的慰藉。

十六

巴鲁表叔小时候吃苗族奶妈的奶水长大，身体高大俊美。从文表叔只是长得秀气。虽然小时候有过锻炼，给以后数十年的劳累垫了底，但终究还是算不上钢筋铁骨，心血管和脑子少不了出些毛病。

五十年代初已是如此。

又是托人买了点什么"好药"，又是什么地方送来了"偏方"，好像无济于事。经济也不宽裕，全家开始有点着急的时候，鬼使神差地听了谁的话，按日吃蚕茧里的蛹，喝橘子水，血压和心脏病居然好了起来。

在从文表叔家，多少年来有一位常常到家里来走动的年轻人，后来又增加了一个女的。他们总是匆匆忙忙地夹着一大卷纸或一厚沓文件包，再不就是几大捆书册进屋，然后腼腆地跟大家打个招呼，和表叔到另一屋去了。

这种来往何时开始的呢？我已经记不起来。只是至今才觉得这两位来客和我一样都已经老了。那还是从文表叔逝世以后的一天偶然的见面才猛然醒悟到的。

作为我这个经常上门的亲戚，几十年和他们两位交往的关系，只是冻结在一种奇妙的"永远的邂逅"的状况之中。我们之间很少交谈，自然，从文表叔也疏忽让我们成为交谈的对手的时机。三方都缺乏一点主动性。

解放以来从文表叔被作践，被冷落，直到以后的日子逐渐松动宽坦，直到从文表叔老迈害病，直到逝世，他都在场。

表叔逝世之后，我们偶然地说了几句也是关于表叔的话。他说："……我每次来，也没让他见着我，我站在房门外他见不着我的地方……他见着我会哭，他说不了话了……"

听说他是一位共产党员。另一位女同志是不是我不知道。

我不敢用好听的话来赞美他们，怕玷污了他们这几十年对从文表叔的感情和某种神圣的义务。

十七

从文表叔对待马克思列宁主义、毛泽东思想是个什么态度呢？这是个有趣的问题。

我从来没听他谈过学习的经历和心得。

我们这些政治上抬不起头的人有一个致命的要害，就是对熟人提起"学习"就会难为情。

他书房里有《马克思恩格斯全集》（还是选集？）、《列宁全集》，自然还有《毛泽东选集》，还有《鲁迅选集》（全集？），记得还有《斯大林全集》（选集？）和《联共（布）党史》，其他的学习材料也整整齐齐摆了几个书架。

我家里当然也有一些这类的书，但没有从文表叔家的"全"。他是真正在"革命大学"毕业的，我不是。说老实话，除了对于《毛泽东选集》四卷，喜不喜欢都要认真地学习之外，其他的马列书籍我有时也认真地翻翻，倒是非常佩服马、恩、列知识的渊博、记性和他们的归纳力量。斯大林的文章每一篇的形成和反映的历史背景以及施展权力、掌握生杀的那股轻松潇洒劲头，都令我看了又惊又喜。

有时从中也得到自鸣得意的快感。比如恩格斯的《自然辩证法》中说到蓝眼睛的长毛白猫都是聋子的论点，我却暗暗在心里驳倒了他的不是，因为我家里的长毛蓝眼睛白猫的耳朵灵敏异常，轻轻叫一声"大白"，它就会老远从邻家屋顶上狂奔回来。

我的学习生活凡心太重，不专注，爱走神，缺乏诚意，过多的"文学欣赏"习惯。

在从文表叔家，他的马恩列斯毛的选、全集，有的已经翻得很旧，毛了边，黄了书皮。要不是存心从旧书摊买来，靠自己"读"成那种水平，不花点心力是办不到的。

几十年来我们叔侄俩言语词汇都很陈腐，老调老腔，在学习座谈生活里难得撑持，很不流畅大方，在表叔说来就更不值得。他学习得够可以了，却不暖身子。有如每顿吃五大碗白米饭的人长得瘦骨嶙峋，患了"疳积"一般。及至几篇文章和《中国古代服饰研究》出现之后，我才大吃一惊，觉得他的"历史唯物主义"、"辩证唯物主义"学得实在不错，而且勇敢地"活学活用"上了。

文物研究，过去公婆各有道理是大家都知道的规矩，权威和权威争议文物真伪，大多只凭个人鉴别修养见识。一帧古画，说是吴道子的，只能有另一位身份相等的权威来加以否定。从纸、墨、图章、画家用笔风格、画的布局、年谱、行状诸多方面引证该画之不可靠。对方亦一鼓作气从另一角度、另一材料引证该画之绝对可靠。争得满面通红，各退五十里偃旗息鼓，下次再说。

表叔从社会学、从生产力和生产关系上、从社会制度上论证一些文物的真伪，排解了单纯就画谈画、就诗论诗、就文论文的老方子的困难纠缠局面。

《孔雀东南飞》里"媒人下床去"曾给人带来疑惑，啊，连媒人也在床上！就现有具体文物材料引证，彼时的"床"字，接近现在北京叫作"炕"的东西，那媒人是上得的。在一篇《论胡子》的文章里提到了这个看法。

一幅吴道子的手卷，人物服饰中现出宋人制度，不是唐画肯定无疑了。能干的吴道子不可能有这种预见性。

诗词作者考证上，我也听见过他有力的意见，只是已非他的"正业"。

中国古代锦缎、家具、纸张，都有过类似的开发。

大半辈子文物学术研究的成果，反证了"社会发展史"的价值，丰富了它的实证内容。但对于沈从文，却是因为他几十年前文学成就在国外引起反响，才引起国内的注意的。

注意的重点是，限制沈从文影响的蔓延。

因此，沈从文逝世的消息也是来得如此的缓慢。人死在北京，消息却从海外传来，北京报纸最早公布的消息是在一周之后了。据说是因为对于他的评价存在困难。

表叔呀表叔，你想你给人添了多少麻烦！全国第一家报纸，要用一个星期的智慧才能得出你准确斤两的估价。

不免令我想起了莎士比亚的哈姆雷特先生说的那句话来："死还是活？这真是一个问题。"

十八

前两年有一次我在他的病床旁边，他轻轻地对我说："要多谢你上次强迫我回凤凰，像这样，就回不去了……"

"哪能这样说，身体好点，什么时候要回去，我就陪你走。我们两个人找一只老木船，到你以前走过的酉水、白河去看看。累了，岸边一靠，到哪里算哪里……"

他听得进入了那个世界，眯着眼——

"……怕得弄个烧饭买菜的……"

"弄个书童！"

"哈！哈！叫谁来做书童，让我想想，你家老五那个三儿子……"

"黄海不行，贪玩，丢下我们跑了怎么办？其实多找个伙伴就行，让曾祺他们都来，一定高兴。"

"以前我走得动的时候怎么没想到？"

"你忘了文化大革命……"

"是了，把'它'忘了……"他闭上了眼睛。不是难过，只是在愉快的玄想中把"文化大革命"这个"它"忘了，觉得无聊。

前几年我曾对表婶说过，让表叔回一次凤凰，表婶要我自己去劝他，我劝通了。

在凤凰，表叔表婶住我家老屋，大伙儿一起，很像往昔的日子。他是我们最老的人了。

早上，茶点摆在院子里，雾没有散，周围树上不时掉下露水到青石板上，弄得一团一团深斑，从文表叔懒懒的指了一指对我说："……像'漳绒'。"

他静静地喝着豆浆，称赞家乡的油条："小，好！"

每天早上，他说的话都很少。看得出他喜欢这座大青石板铺的院子，三面是树，对着堂屋。看得见周围的南华山、观景山、喜鹊坡、八角楼……南华山脚下是文昌阁小学——他念过书的母校，几里远孩子们唱的晨歌能传到跟前。

"三月间杏花开了，下点毛毛雨，白天晚上，远近都是杜鹃叫，哪儿都不想去了……我总想邀一些好朋友远远地来看杏花，听杜鹃叫。有点小题大做……"我说。

"懂得的就值得！"他闭着眼睛，躺在竹椅上说。

一天下午，城里十几位熟人带着锣鼓上院子来唱"高腔"和"傩堂"。

头一出记得是《李三娘》，唢呐一响，从文表叔交叉着腿，双手置膝静穆起来。

"……不信……芳……春……厌、老、人……"

听到这里，他和另外几位朋友都哭了。眼睛里流满泪水，又滴在手背上。他仍然一动不动。

十九

"文化大革命"的紧锣密鼓期间，翻译薄伽丘《十日谈》的方平兄从上海来信慰藉，顺便提到一个有趣的问题：

"这几十年，你和共产党的关系到底怎样？"

我回信说："……我不是党员。打个比方说吧！党是位三十来岁的农村妇女，成熟，漂亮，大热天，扛着大包小包行李去赶火车——社会主义的火车。时间紧，路远，天气热，加上包袱沉重，还带着个三岁多的孩子。孩子就是我。我，跟在后面，拉了一大段距离，显得越发跟不上，居然这时候异想天开要吃'冰棍'。妈妈当然不理，只顾往前走，因为急着要赶时间。孩子却不懂事，远远跟在后面哼哼唧唧。做妈的烦了，放慢脚步，等走得近了，当面给了一巴掌。我怎么办？当然大哭。眼看冰棍吃不到，妈妈却走远了。跟了一辈子了！不跟她，跟谁呢？于是只好一边哭，一边跟着走。…………"

方平兄回信说，看了我的信，他有半个月没有睡好觉。

这只是个一般的譬喻，不合逻辑，且经不起推敲。不过，无论如何扯不到"四人帮"那头去。从孩子的角度看，他们只能

凤凰虹桥（黄永玉 绘）

当"狼外婆",差点把咱老子吃了!

还是李之仪那阕《卜算子》的意思可取:

"……此水几时休,此恨何时已。只愿君心似我心,定不负,相思意。"

谈文学离不开人的命运。从文表叔尽管撰写再多有关文物考古的书,后人还是会永远用文学的感情来怀念他。

后死者还有许多事情好做。

他爱过、歌颂过的那几条河流,那些气息、声音,那些永存的流动着的情感……

故乡最后一颗晨星陨灭了吗?

当然"不"!

1988年8月16日于香港

平常的沈从文

一九四六年开始，我同表叔沈从文开始通信，积累到"文化大革命"前，大约有了一两百封。可惜在"文革"时，全给弄得没有了，如果有，我一定可以作出一个这方面有趣的学术报告，现在却不行。沈从文在解放后人民文学出版社第一次为他出的一本作品选中，他自己的序言说过这样一句话："我和我的读者都行将老去。"那是在五十年代中期，现在九十年代了。这句伤感的预言并没有应验，他没有想到，他的作品和他的读者都红光满面长生不老。"浪淘尽，千古风流人物"，沈从文和他的作品在人间却正方兴未艾。

在平常生活中，说到"伟大"，不免都牵涉到太阳，甚至有时候连毫无活力的月亮也沾了光，虽然它只是一点太阳反射过来的幽光。沈从文一点也不伟大，若是有人说沈从文伟大，那简直是笑话。他从来没有在"伟大"荣耀概念里生活过一秒钟。他说过："我从来没想到'突破'，我只是'完成'。"他的一生，是不停地"完成"的一生。如果硬要把文化和宇宙天体联系起来的话，他不过是一颗星星，一颗不仰仗什么什么而自己发光的星星。

如果硬要在他头上加一个非常的形容词的话，他是非常非常的"平常"。他的人格、生活、情感、欲望、工作和与人相处的方式，都在平常的状态运行。老子曰"上善若水"，他就像水那么平常，永远向下，向人民流动，滋养生灵，长年累月生发出水磨石穿的力量。

因为平常，在困苦生活中才能结出从容的丰硕果实。

在紧锣密鼓的"反右"前夜，他在上海写给表婶的家书中就表示："作家写不出东西怎么能怪共产党呢？"（大意）这倒不是说他对党的政策有深刻的认识和紧密关系，甚或是聪明的预见，他只不过是个文艺属性浓密的人，写不写得好作品，他认为是每个人自己才情分内的事。

所以他也派生出这样的一些话："写一辈子小说，写得好是应该的；写不好才是怪事咧！"

旧沈家（黄永玉 绘）

好些年前，日本政府部门派了三个专家来找我，据说要向我请教，日本某张钞票上古代皇太子的画像，因为服饰制度上出现了怀疑，因此考虑那位皇太子是不是真的皇太子？若果这样，那张钞票就可能要废止了。这是个大事情，问起我，我没有这个知识，我说幸好有位研究这方面的大专家长辈，我们可以去请教他。先征求他的同意，同意了，我们便去他的家里。

他很愿意说说这方面的见解。

在他的客室里请他欣赏带来的图片。

他仔细地翻了又翻，然后说：

"……既然这位太子在长安住过很久，人又年轻，那一定是很开心的了。青年人嘛！长安是很繁荣的，那么买点外国服饰穿戴穿戴、在迎合新潮中得到快乐那是有的；就好像现在的青年男女穿牛仔裤赶时髦一样。如果皇上接见或是盛典，他是会换上正统衣服的。

"敦煌壁画上有穿黑白直条窄裤子的青年，看得出是西域的进口裤子（至今意大利还有同样直纹黑白道的衣装）。不要因为服装某些地方不统一就否定全局，要研究那段社会历史生活、制度的'意外'和'偶然'。

"你们这位皇太子是个新鲜活泼的人，在长安日子过得

晚年沈从文

好，回日本后也舍不得把长安带回的这些服饰丢掉，像我们今天的人留恋旅游纪念品的爱好一样……"

问题就释然了，听说那张钞票今天还在使用。

那一次会面给我留下深刻的印象，我至今还记得住的是，他跟大家还说了另外些话。

客人问起他的文学生活时，他也高兴地说到正在研究服饰的经过，并且说："……那也是很'文学'的！"并且哈哈笑了起来。——"我像写小说那样写它们。"

这是真的，那是本很美的文学作品。

这几十年来我们相处的时候，很少有机会谈到学习改造，更不可能谈到马列主义。在我几十年印象中，他跟马列主义的关系好像不太大。有时候他在报纸上发表有关自我改造的文章，末尾表决心时总要提到"今后我一定要加强学习马列主义、毛泽东思想"，我也半信半疑了。我想，像我们这一类人，似乎是不太有资格谈马列主义……

没想到，他运用辩证唯物主义和历史唯物主义，在学术研究上开创一个好大的局面！用得这么实在、这么好。把文物研究跟哲学原理联系起来得出丰硕成果的竟然会是沈从文！

在那次谈话快要结束时他说："……我一生，从不相信权力，只相信智慧。"

在文学方面，我只读他的书，交谈得少，原因是漫长动荡的年月中没有这种心情。我认为文学仍然是他内心深处的中心，他也不愿接触那处"痛感神经"。用大量的精力、全面深入地在文物方面游弋。

他默默地，含辛茹苦地赢得最后的微笑。

卡夫卡说过："要客观地看待自己的痛苦！"

这说来容易，做起来难。

沈从文对待苦难的态度十分潇洒。

"文革"高潮时，我们已经很久没见面了，我们各人吃着各人的"全餐"（西餐有开胃小菜，有汤，有头道菜，二道菜，有点心，有咖啡或茶）。忽然在东堂子胡同迎面相遇了，他看到我，他装着没看到我，我们擦身而过。这一瞬间，他头都不歪地说了四个字："要从容啊！"

他是我的亲人，是我的骨肉长辈，我们却不敢停下来叙叙别情，交换交换痛苦；不能拉拉手，拥抱一下，痛快地哭一场。

"要从容啊！"这几个字包含了多少内情，也好像是家乡土地通过他的嘴巴对我们两代人的关照，叮咛，鼓励。

我们中央美院有位很有学问的研究家，是他以前的老学生，和我们的关系十分亲密，并且跟我同住一个院子。"文革"一开始，他吓破了胆，一个下午，他紧张地、悄悄地走近我住的门口，轻轻地、十分体贴地告诉我："你要有心理准备，我把你和你表叔都揭发了！"

这个王八蛋，他到底揭些什么事？我也不好再问他"你个狗日的，你到底揭发些什么？"他是个非常善良的胆小鬼，他一定会把事情搞得颠三倒四。我恨不得给他脸上两拳，可他身体不好，他经不起……

我连忙跑去告诉表叔。

难以想象地，表叔偷偷笑起来，悄悄告诉我："会，会，这人会这样的，在昆明跑警报的时候，他过乡里浅水河都怕，要个比他矮的同学背过去……"

日子松点的时候，我们见了面，能在家里坐一坐喝口水了，他说他每天在天安门历史博物馆扫女厕所。

"这是造反派领导、革命小将对我的信任，虽然我政治上不可靠，但道德上可靠……"

他说，有一天开斗争会的时候，有人把一张标语用糨

1972年沈虎雏来到干校探望父母

糊刷在他的背上，斗争会完了，他揭下那张"打倒反共文人沈从文"的标语一看，他说："那书法太不像话了，在我的背上贴这么蹩脚的书法，真难为情！他原应该好好练一练的！"

有一次，我跟他从东城小羊宜宾胡同走过，公共厕所里有人一边上厕所一边吹笛子，是一首造反派的歌。他说："你听，'弦歌之声不绝于耳！'"

时间过得很快，他到湖北咸宁干校去了，我也在河北磁县在解放军监管下劳动了三年，我们有通信。他那个地方虽然名叫双溪有万顷荷花，老人家身心的凄苦却是可想而知的，他来信居然说："这里周围都是荷花，灿烂极了，你若来……"我怎么能来呢？我不免想起李清照的词来，回他的信时顺便写下那半阕：

"闻道双溪春尚好，也拟泛轻舟；只恐双溪舴艋舟，载不动，许多愁……"

在双溪，身边无任何参考，仅凭记忆，他完成了二十一万字的服装史。

他那种寂寞的振作，真为受苦的读书人争气！

钱钟书先生，我们同住在一个大院子里，一次在我家聊天他谈到表叔时说：

沈从文墓碑

"你别看从文这人微笑温和，文雅委婉，他不干的事，你强迫他试试！"

（钱先生道德上也是个了不起的人。"四人帮"时代，江青让人请他去参加人民大会堂国宴，他告诉来人说：

"我不去！"

来人说："这是江青同志点了名的……"

钱先生仍说："呵！呵！我不去！哈！"

来人说："那么，我可不可以说钱先生这两天身体不舒服……"

"不！不！"钱先生说，"我身体很好！"）

表叔桌子上有具陈旧破烂的收音机，每天工作开始他便打开这架一点具体声音都没有只会吵闹的东西。他利用这种声音作屏障隔开周围的烦嚣进行工作。

他是利奥纳多·达·芬奇类型的人。一个小学甚至没有毕业的人，他的才能智慧究竟是从哪里来的？我想来想去，始终得不到准确结论，赖着脸皮说，我们故乡山水的影响吧。

对音乐的理解，这是个奇迹。

从容，再老的人也美

托尔斯泰有过对音乐的妙论："音乐令人产生从未有过的回忆。"美，但不中肯。

表叔说："音乐，时间和空间的关系！"

这是个准确定律。是他三十多年前说过的话。

他喜欢莫扎特，喜欢巴赫，从中也提到音乐结构……

他真是个智者，他看不懂乐谱，可能简谱也读不清，你听他谈音乐，一套又一套，和音乐一样好听，发人聪明。

他说："美，不免令人心酸！"

这，说的是像他自己的生涯。

我尊敬的前辈聂绀弩先生，因为他从来是个左派，几十年来跟沈从文有着远距离的敌视。六十年代初，绀弩老人从东北劳改回来，从我家借走一本人民文学出版社出版的沈从文作品选，过了几天，绀弩先生在我家肃穆地对我说：

"我看了《丈夫》，对沈从文认识得太迟了。一个刚刚二十一岁的青年写出中国农民这么创痕渊深的感情，真像普希金说过的'伟大的、俄罗斯的悲哀'，那么成熟的头脑和技巧！……"

我没有把绀弩先生的话告诉表叔。我深深了解，他不会在乎多年对手的这种诚恳的称赞，因为事情原本就是这样的。

前两年，我在表叔的陵园刻了一块石碑，上头写着：

"一个士兵，要不战死沙场，便是回到故乡。"

献给他，也献给各种"战场"上的"士兵"，这是我们命定的、最好的归宿。

一九九八年九月二十九日吉首

在家乡总还得有个家

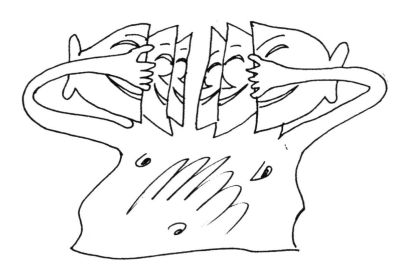

艺术上的骗子先骗自己，再骗别人

"文革"期间沈从文来到黄永玉"罐斋"家中（黄黑妮 摄）

下

黄家故事

一个传奇的本事

我情感流动而不凝固，一派清波给予我的影响实在不小。我幼小时较美丽的生活，大都不能和水分离。我受业的学校，可以说永远设在水边。我学会思索，认识美，理解人生，水对于我有极大关系。

（摘《自传》中一小节）

水和我的生命不可分，教育不可分，作品倾向不可分。这不仅是二十岁以前的事情。即到厌倦了水边城市流宕生活，改变计划，来到住有百万市民的北平，饱受生活的折磨，坚持抵制一切腐蚀，十分认真阅读那本抽象"大书"第二卷，告了个小小段落，转入几个大学教书时，前后二十年，十分凑巧，所有学校又都恰好接近水边。我的人格的发展，和工作的动力，依然还是和水不可分。从《楚辞》发生地，一条沅水上下游各个大小码头，转到海潮来去的吴淞江口，黄浪浊流急奔而下直泻千里的武汉长江边，天云变幻碧波无际的青岛大海边，以及景物明朗民俗淳厚沙滩上布满小小螺蚌残骸的昆明滇池边。三十年来水永远是我的良师，是我的净友，给我用笔以各种不同的启发。这份离奇教育并无什么神秘性，却不免富于传奇性。

水的德性为兼容并包，从不排斥拒绝不同方式浸入生命的任何离奇不经事物！却也从不受它的玷污影响。水的性格似乎特别脆弱，且极容易就范。其实则柔弱中有强韧，如集中一点，即涓涓细流，滴水穿石，却无坚不摧。水教给我黏合卑微人生的平凡哀乐，并做横海扬帆的美梦，刺激我对于工作永远的渴望，以及超越普通个人功利得失，追求理想的热情洋溢。我一切作品的背景，都少不了水。我待完成的主要工作，将是描述十个水边城市平凡人民的爱恶哀乐。在这个变易多方取予复杂的社会中，宜让头脑灵敏身心健全的少壮，有机会驾着最新式飞机向天上飞，从高度和速度上打破纪录，成为《新时代画报》上的名人。且尽那些马上得天下还想马上治天下的英雄伟人，为了寄生细菌的巧佞和谎言繁殖迅速，不多久，都能由雕刻家设计，为安排骑在青铜熔铸的骏马上，和个斗鸡一样，在仿佛永远坚固磐石作基础的地

温暖了我的痛苦，照亮我深深的爱

二〇〇九年十一月 黄永玉 书

面，给后人瞻仰。可是不多久，却将在同地震海啸相近而来的地覆天翻中，只剩余一堆残迹，供人凭吊。也必然还有那些各式各样精通"世故哲学"的"命世奇才"应运而生，在无帝王时代，始终还有作"帝王师"的机会，各有攸归，各得其所。我要的却只是能再好好工作二三十年，完成学习用笔过程后，还有机会得到写作上的真正自由，再认真些写写那些生死都和水分不开的平凡人平凡历史。这个分定对于我像是生存唯一的义务，无从拒绝。因为这种平凡的土壤，却孕育了我发展了我的生命，体会经验到一点不平凡的人生。

我有一课水上教育受得极离奇，是二十七年前在常德府那半年流荡。这个城市地图上看，即可知接连洞庭，贯串黔川，扼住湘西的咽喉，是一个在经济上军事上都不可忽略的城市。城市的位置似乎浸在水中或水下，因为每年有好几个月城四面都是一片大水包围，水线有时比城中民房还高。保护到十万居民不至于成为鱼鳖，全靠上游四十里几道坚固的长堤，和一个高及数丈的砖砌大城。常德沿河有四个城门，计西门、上南门、中南门、下南门。城门外有一条延长数里的长街，上边一点是年有百十万担"湖莲"的加工转口站。此外卖牛肉狗肉、开染坊糖坊和收桐油、朱砂、水银、白蜡、生漆、五倍子的大小庄号，生产出售水上人所不可少的竹木圆器及大小船只上所必需的席棚、竹缆、钢钻头、大小铁锚杂物店铺，在这条河街上都占有一定的地位，各有不同的处所。

最动人的是那些等待主顾、各用特制木架支撑，上盖罩棚，身长五七丈的大木桅，和仓库堆店堆积如山的做船帆用的厚白帆布，联想到它们在"扬扬万斛船，影若扬白虹"三桅五舱大船上应用时的壮观景象和伟大作用，不觉更令人神往倾心。

这条河街某一段是什么样子，有什么东西，发出什么不同气味，到如今我始终还记得清清楚楚。这个城市在经济上和军事上都有其重要意义，因此抗日战争末两年，最激烈的一役，即中外报刊记载所谓"中国谷仓争夺战"的一役中，十万户人家终于在所预料情形下，完全毁于炮火中。沅水流域竹木原料虽特别富裕，复兴重建也必然比中国任何一地容易。

不过那个原来的水上美丽古典城市，有历史性市容，有历史性人事，就已早于烈烈火焰中消失，后来者除了从我过去作的简单叙述，还能得到个大略印象，此外再也无从寻觅了。有形的和无形的都一律毁掉了。然而有些东西，却似乎还值得用少量文字或在多数人情感中保留下来，对于明日社会重造工作上，有其长远的意义。

常德既是延长千里一条沅水和十来条支流十多个县份百数十万人民生产竹、木、油、漆、棉、麻、烟草、药材原料的集中站，及东南沿海鱿鱼、海带、淮盐及一切轻工业品货物向上转移的总码头，船只向上可达川东、黔东，向下毗连洞庭、长江，地方人事自然也就相当复杂。城门口照例有军事机关和税收机关各种堂皇布告，同时也有当地党部无效果的政治宣传品，和广东、上海药房出卖壮阳、补虚伪药，及"活神仙""王铁嘴"一类看相算命骗人的各种广告，各自占据城墙一部分。这几乎也是全国同类城市景象。大街上多的是和商品转销有关的接洽事务的大小老板伙计忙匆匆地来去，更多的是经营最古职业的人物，这些人在水上虽各有一定住处，在街上依然随地可以碰到。责任大，工作忙，性质杂，人数多，真正在维持这个水边城市的繁荣，支配一切活动的，还是水上那几千只大小船只和那几万驾船人。其中"麻阳佬"占比例特重，这些人如何使用他们各不相同各有个性的水上工具，按照不同的行规、不同的禁忌挣扎生活并生儿育女，我虽说不上十分清楚，却有一定常识。所以，抗战初期，写了个关于湘西问题的小书时，《常德的船》那一章，内中主要部分，便是介绍占据一条延长千里沅水的麻阳船只和驾船人的种种，在那一章小文结尾说：常德本身也类乎一只旱船，……常德县沿沅水上行九十里，即到千五百年前武陵渔人迷路问津的桃源。……那里河上游一点，有个省立女子第二师范学校。五四运动影响到湖南时，谈男女解放，自由平等，剪发恋爱，最先提出要求并争取实现它的，就是这个学校一群女学生。

这只旱船上不仅装了社会上几个知名人士，我还忘了提及几个女学生。这里有因肺病死去的川东王小姐，有芷江杨小姐，还有……一群单纯热情的女孩子，离开学校离开家庭后，大都暂时寄居到这个学校里，作为一个临时跳板，预备整顿行装，坚强翅膀，好向广大社会飞去。书虽读得不怎么多，却为《新青年》一类刊物煽起了青春的狂热，带了点点钱和满脑子进步社会理想和个人生活幻想，打算向北平、上海跑去，接受她们各自不同的命运。这些女孩子和现代史的发展，曾有过密切的联系。另外有几个性情比较温和稳定，又不拟作升学准备的，便做了那个女学校的教员。当时年纪大的都还不过二十来岁，差不多都有个相同社会背景，出身于小资产阶级或小官僚地主家庭，照习惯，自幼即由家庭许了人家，毕业回家第一件事即等待完婚。既和家庭闹革命，经济来源断绝，向京沪跑去的，难望有升大学机会，生活自然相当狼狈。一时只能在相互照顾中维持，走回头路却不甘心。

犹幸社会风气正注重俭朴，人之师需为表率，做教员的衣着化妆品不必费钱，所以每月收入虽不多，最高月薪不过三十六元，居然有人能把收入一半接济升学的亲友。教员中有一位年纪较长，性情温和而朴素，又特别富于艺术爱好，生长于凤凰县苗乡得胜营的杨小姐，在没有认识以前，就听说她的每月收入，还供给了两个妹妹读书。

至于那时的我呢，正和一个从常德师范毕业习音乐美术的表兄黄玉书，一同住在常德中南门里每天各需三毛六分钱的小客栈中，说明白点，就是无业可就。表哥是随同我的大舅父从北平、天津见过大世面的，找工作无结果，回到常德等机会的。无事可做，失业赋闲，照当时称呼名为"打流"。

那个"平安小客栈"对我们可真不平安！每五天必须结一回账，照例是支吾过去。欠账越积越多，因此住宿房间也移来移去，由三面大窗的"官房"，迁到只有两片明瓦作天窗的贮物间。总之，尽管借故把我们一再调动，永不抗议，照栈规彼此不破脸，主人就不能下逐客令。至于在饭桌边当店东冷言冷语讥诮时，只装作听不懂，也陪着笑笑，一切用个"磨"字应付。这一点，表哥可说是已达到"炉火纯青"地步。

如此这般我们约莫支持了五个月。虽隔一二月，在天津我那大舅父照例必寄来二三十元接济。表哥的习惯爱好，却是扣留一部分去城中心"稻香村"买一二斤五香牛肉干作为储备，随时嚼嚼解馋，最多也只给店中二十元，因此永远还不清账。

内掌柜是个猫儿脸中年妇女，年过半百还把发髻梳得油光光的，别一支翠玉搔头，衣襟纽扣上总还挂一串"银三事"，且把眉毛扯得细弯弯的，风流自赏，自得其乐，心地倒还忠厚爽直。不过有时禁不住会向五个长住客人发点牢骚，饭桌边"项庄舞剑"意有所指地说："开销越来越大了，门面实在当不下。楼下铺子零卖烟酒点心赚的钱，全贴上楼了，日子偌得过？我们吃四方饭，还有人吃八方饭！"话说得够锋利尖锐。

说后，见五个常住客人都不声不响，只顾低头吃饭，就和那个养得白白胖胖、年纪已过十六岁的寄女儿干笑，寄女儿也只照例陪着笑笑。（这个女孩子经常借故上楼来，请大表兄剪鞋面花样或围裙上部花样，悄悄留下一包寸金糖或芙蓉酥，帮了我们不少的忙。表兄却笑她一身白得像白糖发糕，虽不拒绝芙蓉酥，可决不要发糕。）我们也依旧装不懂内老板话中含意，只管拣豆芽菜汤里的肉片吃。可是却知道用过饭后还有一手，得准备招架对策。不多久，老厨师果然就带了本油腻腻蓝布面的账本上楼来相访，十分客气要借点钱买油盐。表兄做成老江湖满不在乎的神气，随便翻了一下我们名下的欠数，就把账本推开，鼻子嗡嗡的："我以为欠了十万八千，这几个钱算个什么？内老板四海豪杰人，还这样小气，笑话。——老弟，你想想看，这岂不是大笑话！我昨天发的那个催款急电，你亲眼看见，不是迟早三五天就会有款来了吗？"

连哄带吹把厨师送走后，这个一生不走时运的美术家，却向我嘘了口气说："老弟，风声不大好，这地方可不比巴黎！我听熟人说，巴黎的艺术家，不管做什么都不碍事。有些人欠了二十年的房饭账，到后来索性作了房东的丈夫或女婿，日子过得满好。我们在这里想攀亲戚倒有机会，只是我不大欢喜冒险吃发糕，正如我不欢喜从军一样。我们真是英雄秦琼落了难，黄骠马也卖不成！"于是学成家乡老秀才拈卦吟诗哼着，"风雪满天下，知心能几人？"

我心想，怎么办？表兄常说笑话逗我，北京戏院里梅兰芳出场前，上千盏电灯一熄，楼上下包厢里，到处是金刚钻耳环手镯闪光，且经常有阔人掉金刚钻首饰。上海坐马车，马车上也常有洋婆子、贵妇人遗下贵重钱包，运气好的一碰到即成大富翁。即或真有其事，远水哪能救近火？还是想法对付目前，来一个"脚踏西瓜皮"溜了吧。至于向什么地方溜，当时倒有个方便去处。坐每天两班的小火轮上九十里的桃源县找贺龙。因为有个同乡向英生，和贺龙是把兄弟，夫妻从日本留学回来，为人思想学问都相当新，做事非"知事"、"道尹"不干，同乡人都以为"狂"，其实人并不狂。曾作过一任知县，却缺少处理行政能力，只想改革，不到一年，却把个实缺被自己的不现实理想革掉了。三教九流都有来往，长住在城中春申君墓旁一个大旅馆里，总像还吃得开，可不明白钱从何来。这人十分热忱写了个信介绍我们去见贺龙。一去即谈好，表示欢迎，表兄做十三元一月的参谋，我做九元一月的差遣，还说"码头小，容不了大船，只要不嫌弃，留下暂时总可以吃吃大锅饭"。可是这时正巧我们因同乡关系，偶然认识了那个杨小姐，两人于是把"溜"字水旁删去，依然"留"下来了。桃源的差事也不再加考虑。

表兄既和她是学师范美术系的同道，平时性情洒脱，倒能一事不做，整天自我陶醉的唱歌。长得也够漂亮，特别是一双乌亮大眼睛，十分魅人。还擅长用通草片粘贴花鸟草虫，做得栩栩如生，在本县同行称第一流人才。这一来，过不多久，当然彼此就成了一片火，找到了热情寄托处。

自从认识了这位杨小姐后，一去那里必然坐在学校礼堂大风琴边，一面弹琴，一面谈天。我照例乐意站在校门前欣赏人来人往的市景，并为二人观观风。学校大门位置在大街转角处，两边可以看得相当远，到校长老太太来学校时，经我远远望到，就进去通知一声，里面琴声必然忽高起来。老太太到了学校却照例十分温和笑笑地说："你们弹琴弹得真不错！"表示对于客人有含蓄的礼貌。客人却不免红红脸。因为"弹琴"和"谈情"字音相同，老太太语意指什么虽不分明，两人的体会却深刻得多。

每每回到客栈时，表哥便向我连作了十来个揖，要我代笔写封信，他却从从容容躺在床上哼各种曲子，或闭目养神，温习他先前一时的印象。信写好念给他听听，随后必把大拇指翘起来摇着，表示感谢和赞许。"老弟，妙，妙！措辞得体，合式，有分寸，不卑不亢。真可以上报！"

事实上呢，我们当时只有两种机会上报，即抢人和自杀。

160

但是这两件事都和我们兴趣理想不大合，当然不曾采用。至于这种信，要茶房送，有时茶房借故事忙，还得我代为传书递柬。那女教员有几次还和我讨论到表哥的文才，我只好支吾过去，回客栈谈起这件事，表兄却一面大笑一面肯定地说："老弟，你看，我不是说可以上报吗？"我们又支持约两个月，前后可能写了三十多次来回信，住处则已从有天窗的小房间迁到茅房隔壁一个特别小间里，人若气量窄，情感脆弱，对于生活前途感到完全绝望，上吊可真方便。我实在忍受不住，有一天，就终于抛下这个表兄，随同一个头戴水獭皮帽子的同乡，坐在一只装运军服的"水上漂"，向沅水上游保靖漂去了。

三年后，我在北平知道一件新事情，即两个小学教员已结了婚，回转家乡同在县立第一小学服务。这种结合由女方家长看来，必然不会怎么满意。因为表哥祖父黄河清，虽是个贡生，看守文庙作"教谕"，在文庙旁家中有一栋自用房产，屋旁还有株三人合抱的大椿木树，著有《古椿书屋诗稿》。为人虽在本城受人尊敬，可是却十分清贫。至于表哥所学，照当时家乡人印象，作用地位和"飘乡手艺人"或"戏子"相差并不多。一个小学教师，不仅收入微薄，也无什么发展前途。比地方传统带兵的营连长或参谋副官，就大大不如。不过两人生活虽不怎么宽舒，情感可极好。因此，孩子便陆续来了，自然增加了生计上的麻烦。好在小县城，收入虽少，花费也不大，又还有些做上中级军官或县长局长的亲友，拉拉扯扯，日子总还过得下去。而且肯定精神情绪都还好。

再过几年，又偶然得家乡来信说，大孩子已离开了家乡，到福建厦门集美一个堂叔处去读书。从小即可看出，父母爱好艺术的长处，对于孩子显然已有了影响。但本地人性情上另外一种倔强自恃，以及潇洒超脱不甚顾及生活的弱点，也似乎被同时接收下来了。所以在叔父身边读书，初中不到二年，因为那个艺术型发展，不声不响就离开了亲戚，去阅读那本"大书"，从此就于广大社会中消失了。计算岁月，年龄已到十三四岁，照家乡子弟飘江湖奔门路老习惯，已并不算早。教育人家子弟的既教育不起自己子弟，所以对于这个失踪的消息，大致也就不甚在意。

一九三七年抗战后十二月间，我由武昌上云南路过长沙时，偶然在一个本乡师部留守处大门前，又见到那表兄，面容憔悴蜡渣黄，穿了件旧灰布军装，倚在门前看街景，一见到我即认识，十分亲热地把我带进了办公室。问问才知道因为脾气与年轻同事合不来，被挤出校门，失了业。不得已改了业，在师部做一名中尉办事员，办理散兵伤兵收容联络事务。大表嫂还在沅陵酉水边"乌宿"附近一个村子里教小学。

大儿子既已失踪，音信不通。二儿子十三岁，也从了军，跟人作护兵，自食其力。还有老三、老五、老六，全在母亲身边混日子。事业不如意，人又上了点年纪，常害点胃病，性情自然越来越加拘迁。过去豪爽洒脱处早完全失去，只是一双浓眉下那双大而黑亮有神的眼睛还依然如旧。也仍然欢喜唱歌。邀他去长沙著名的李合盛吃了一顿生炒牛肚子，才知道已不喝酒。问他还吸烟不吸烟，就说，"不戒自戒，早已不再用它。"可是我发现他手指黄黄的，知道有烟吸还是随时可以开戒。他原欢喜吸烟，且很懂烟品好坏。第二次再去看他，带了别的同乡送我的两大木盒吕宋雪茄烟去送他。他见到时，憔悴焦黄脸上露出少有的欢喜和惊讶，只是摇头，口中低低的连说："老弟，老弟，太破费你了，太破费你了。不久前，我看到有人送老师长这么两盒，美国大军官也吃不起！"

我想提起点旧事使他开开心，告他"还有人送了我一些什么'三五字'、'大司令'，我无福享受，明天全送了你吧。我当年一心只想做个开糖坊的女婿，好成天有糖吃。你看，这点希望就始终不成功！"

"不成功！人家都说你为我们家乡争了个大面子，赤手空拳打天下，成了名作家。也打败了那个只会做官、找钱，对家乡青年毫不关心的熊凤凰。什么凤凰？简直是只阉鸡，只会跪榻凳，吃太太洗脚水，我可不佩服！你看这个！"他随手把一份当天长沙报纸摊在桌上，手指着本市新闻栏一个记者对我写的访问记，"老弟，你当真上了报，人

黄永玉为诗集《一路唱回故乡》设计的插图

家对你说了不少好话，比得过什么什么大文豪！"

我说："大表哥，你不要相信这些逗笑的话。一定是做新闻记者的学生写的。因为我始终只是个在外面走码头的人物，底子薄，又无帮口，在学校里混也混不出个所以然的。不是抗战还回不了家乡，熟人听说我回来了，所以表示欢迎。我在外面只有点虚名，并没什么真正成就的。……我倒正想问问你，在常德时，我代劳写的那些信件，表嫂是不是还保留着？若改成个故事，送过上海去换二十盒大吕宋烟，还不困难！"

想起十多年前同在一处的旧事，一切犹如目前，又恍同隔世。两人不免相对沉默了一会，后来复大笑一阵，把话转到这次战争的发展和家乡种种了。随后他又陪我去医院看望受伤的同乡官兵。正见我弟弟刚出医院，召集二十来个行将出院的下级军官，在院前小花园和他们谈话，彼此询问一下情形；并告给那些伤愈连长和营副，不久就要返回沅陵接收新兵，作为"荣誉师"重上前线。训话完毕，问我临时大学那边有多少熟人，建议用我名分约个日子，请吃顿饭，到时他来和大家谈谈前方情况。邀大表兄也作陪客，他却不好意思，坚决拒绝参加。只和我在另一天同上天心阁看看湘江，我们从此就离开了。

抗战到六年，我弟弟去印度受训，过昆明时，来呈贡乡下看看我，谈及家乡种种，才知道年纪从十六到四十岁的同乡亲友，大多数都在六年里各次战役中已消耗将尽。有个麻四哥和三表弟，都在洞庭湖边牺牲了。大表哥因不乐意在师部做事，已代为安排到沅水中游青浪滩前做了一个绞船站的站长，有四十元一月。老三跟在身边，自小就会泅水，胆子又大，这个著名恶滩经常有船翻沉，老三就在滩脚伏波宫前急流漩涡中浮沉，拾捞沉船中漂出无主的腊肉、火腿和其他食物，因此，父子经常倒吃得蛮好。可是一生长处既无从发挥，始终郁郁不欢，不久前，在一场小病中就过世了。

大孩子久无消息，只知道在江西战地文工团搞宣传。老二从了军。还预备把老五送到银匠铺去作学徒。至于大表嫂呢，依然在沅陵乌宿乡下村子里教小学，收入足够糊口。因为是唯一至亲，假期中，我大哥总派人接母子到沅陵"芸庐"家中度假，开学时，再送他们回学校。

照情形说来，这正是抗战以来，一个小地方、一个小家庭极平常的小故事。一个从中级师范学校毕业的女子，为了对国家对生活还有点理想，反抗家庭的包办婚姻，放弃了本分内物质上一切应有权利，在外县作个小教员。从偶然机会里，即和一个性情还相投的穷教员结了婚，过了阵虽清苦还平静的共同生活。随即接受了"上帝"给分派的庄严任务，陆续生了一堆孩子。照环境分定，母亲的温良母性，虽得到了充分发展，做父亲的艺术禀赋，可从不曾得到好好的使用，只随同社会变化，接受环境中所能得到的那一份苦难。十年过去，孩子已生到第五个，教人子弟的照例无从使自己子弟受教育，每个孩子在成年以前，都得一一离开家庭，自求生存，或死或生，无从过问！战事随来，可怜一份小学教师职业，还被二十来岁的什么积极分子排挤掉。只好放弃了本业，换上套拖拖沓沓旧军装，"投笔从戎"作个后方留守处无足轻重的军佐。部队既一再整编，终于转到一个长年恶浪咆哮滩前的绞船站里作了站长，不多久，便被一场小小疾病收拾了。亲人赶来一面拭泪，一面把死者殓入个赊借得来的小小白木棺木里，草草就地埋了。死者既已死去，生者于是依然照旧沉默寂寞生活下去。每月可能还得从正分微薄收入中扣出一点点钱填还亏空。在一个普通人不易设想的乡村小学教师职务上，过着平凡而简单的日子，等待平凡的老去，平凡的死。一切都十分平凡，不过正因为它是千万乡村小学教师的共同命运，却不免使人感到一种奇异的庄严。

抗战到第八年，和平胜利骤然来临，暌违十年的亲友，都逐渐恢复了通信关系。我也和家中人由云南昆明一个乡村中，依旧归还到旧日的北平，收拾破烂，重理旧业。忽然有个十多年不通音问的朋友，寄了本新出的诗集。诗集中用黑绿二色套印了些木刻插图，充满了一种天真稚气与热情大胆的混合，给我崭新的印象。不仅见出作者头脑里的智慧和热情，还可发现这两者结合时如何形成一种诗的抒情。对于诗若缺少深致理解，是不易作出这种明确反映的。一经打听，才知道作者所受教育程度还不及初中二，而年龄也还不过二十来岁，完全是在八年战火中长大的。更有料想不到的巧事，即这个青年艺术家，原来便正是那一死一生黯然无闻的两个美术教员的长子。十三四岁即离开了所有亲人，到陌生而广大世界上流荡，无可避免的穷困，疾病，挫折，逃亡，在种种卑微工作上短时期的稳定，继以长时间的失业，如蓬如萍的转徙飘荡，到景德镇烧过瓷器，又在另一处当过做棺材的学徒。

……却从不易想象学习过程中，奇迹般终于成了个技术优秀特有个性的木刻工作者。为了这个新的发现，使我对于国家民族，以及属于个人极庄严的苦难命运，感到深深痛苦。我真用得着法国人小说中常说的一句话："这就是人生。"当我温习到有关于这两个美术教员一生种种，和我身遇其事的种种，所引起的回忆，不免感觉到对于"命运偶然"的惊奇。

作者至今还不曾和我见过面，只从通信中约略知道他近十年一点过去，以及最近正当成千上万"接收大员"在上海大发国难财之际，他如何也来到了上海，却和他几个同道陷于同样穷困绝望中，想工作，连购买木刻板片的费用也无处筹措。境况虽然如此，对于工作却依然充满自信和狂热，对未来有无限憧憬。摊在我面眼前的四十幅木刻，无论大小，都可见出一种独特性格，美丽中还有个深度。为几个世

168

界上名师巨匠作的肖像木刻，和为几个现代作家诗人作的小幅插图，都可见出作者精力弥满，设计构图特别用心，还依稀可见出父母潇洒善良的禀赋，与作者生活经验的沉重粗豪和精细同时并存而不相犯相混，两者还共同形成一种幽默的典雅。提到这一点时，作品性格鲜明的一面，事实上还有比个人禀赋更重要的因素，即所生长的地方性，值得一提。因为这不仅是两个穷教员的儿子，生长地还是从二百年设治以来，即完全在极端变态发展中一片土地，一种社会的特别组织的衍生物。

作者出身苗乡，原由"镇筸营"和"筸子坪"合成的"镇筸城"。后来因镇压苗人造反，设立了个兼带兵勇的"辰沅永靖兵备道"，又添一个专管军事的镇守使，才升级成"凤凰厅"，后改"凤凰县"。家乡既是个屯兵地方，住在那个小小石头城中的人，大半是当时的戍卒屯丁，小部分是封建社会放逐贬谪的罪犯（黄家人生时姓"黄"，死后必改姓"张"，听老辈说，就是这个原因）。因此二百年前居民即有世代服兵役的习惯，习军事的机会。中国兵制中的"绿营"组织，在近代学人印象中，早已成了历史名词了，然而抗战八年，我们生长的那个小地方，对于兵役补充，尤其是下级官佐的补充，总像不成问题，就还得力于这个旧社会残余制度的便利。

最初为镇压苗族造反而设治，因此到咸、同之际，曾国藩组织的湘军，"筸军"就占了一定数目，选择的对象必"五短身材，琵琶腿"，才善于挨饿耐寒爬山越岭跑长路。内中也包括部分苗族兵丁。但苗官则限制到"守备"为止。江南大营包围太平军的天京时，筸军中有一群卖柴卖草亡命之徒，曾参与过冲锋陷阵爬城之役，内中有四五人后来都因军功做了"提督军门"，且先后转成"云贵总督"。就中有个田兴恕，因教案被充军新疆，随后又跟左宗棠戴罪立功，格外著名。到辛亥革命攻占雨花台后，首先随大军入南京的一个军官，就是"爬城世家"田兴恕的小儿子田应诏。这个军官由日本士官学校毕了业，和蔡锷同期，我曾听过在蔡锷身边做参谋长的同乡朱湘溪先生说，因为田有大少爷脾气，人不中用，所以才让他回转家乡做第一任湘西镇守使。年纪还不到三十岁，却留了一小撮日本仁丹式胡子，所以本地人通叫他"田三胡子"。出于好事喜弄的大少爷脾气，这位边疆大吏，受了点日本维新变法的影响，当时手下大约还有四千绿营兵士，无意整军经武，却在练军大教场的河对岸，傍水倚山建立了座新式公园，纪念他的母亲，经常和一群高等幕僚，在那里饮酒赋诗。又还在本县城里办了个中级美术学校，因此后来本地很出了几个湘西知名的画家。此外还办了个煤矿，办了个瓷器厂，办了个洋广杂货的公司，不多久就先后赔本停业。这种种正可说明一点，即浪漫情绪在这个"爬城世家"头脑中，作成一种诗的抒情、有趣的发展。（我和永玉，都可说或多或少受了点影响。）

三十年来国家动乱，既照例以内战为主要动力，荡来荡去形成了大小军阀的新陈代谢。这小地方却因僻处一隅，得天独厚，又不值得争夺，因之形成一个极离奇的存在。在湘西十八县中，日本士官生、保定军官团、云南讲武堂，及较后的黄埔军官学校，前后都有大批学生；同其他县份比，占人数最多。到抗战前夕为止，县城不到六千户人家，人口还不及二万，和附近四乡却保有了约二千中下级军官，和经过军训四五个师的潜在实力。由于这么一种离奇传统，一切年轻人的出路，都不免寄托在军官上。一切聪明才智及优秀禀赋，也都一律归纳吸收于这个虽庞大实简单的组织中，并陆续消耗于组织中。而这个组织于国内省内，却又若完全孤立或游离，无所属亦无所归。"护法"、"靖国"等等大规模军事战役，都出兵参加过。派兵下常、桃，抵长沙，可是战事一过就又退还原驻防地。接田手的陈渠珍，头脑较新，野心却并不大，事实上心理上还是"孤立割据自保"占上风。北伐以前，孙中山先生曾特派代表送了个第一师长的委任状来，请了一回客，送了两千元路费，那个委任状却压在垫被下经年毫无作用。这自然就有了问题，即对内为进步滞塞，不能配合实力作其他任何改进设计。他本人自律甚严而且好学，新旧书都读得有一定水平，却并不鼓励部下也读书。因此军官日多而读书人日少，必然无从应付时变。对外则保持一贯孤立状态，多误会，多忌讳，实力越来越增加，和各方面组织关系隔绝，本身实力越大，也只是越增加困难。战争来了，悲剧随来。淞沪之战展开，有个新编一二八师，属于第四路指挥刘建绪调度节制，原本被哄迫出去驻浙江奉化，后改宣城，战事一起，就奉命调守嘉善唯一那道国防线，即当时所谓"中国兴登堡防线"。（早就传说花了过百万元照德国顾问意见完成的。）当时报载，战事过于激烈，守军来不及和参谋部联络人员接头，打开那些钢骨水泥的门，即加入战斗。还以为事不可信。后来方知道，属于我家乡那师接防的部队，开入国防线后，除了从唯一留下车站的县长手中得到一大串编号的钥匙，什么图形也没有。临到天明就会有敌机来轰炸。为敌人先头探索部队发现已发生接触时，一个少年团长方从一道小河边发现工事的位置，一面用一营人向前作突击反攻，一面方来得及顺小河搜索把上锈的铁门次第打开，准备死守。本意固守三天，却守了足足五天。全师大部官兵都牺牲于敌人日夜不断的优势炮火中，下级干部几乎全体完事，团营长正副半死半伤，提了那串钥匙去开工事铁门的，原来就是我的弟弟，而死去的全是那小小县城中和我一同长大的年轻人。

随后是南昌保卫战，经补充的另一个"荣誉师"上前，守三角地的当冲处，自然不久又完事。随后是反攻宜昌，洞庭西岸荆沙争夺，洞底南岸的据点争夺，以及长沙会战。每次硬役必参加，每役参加又照例是除了国家意识还有个地方荣誉面子问题在内，双倍的勇气使得下级军官全部成仁，中级半死半伤，而上级受伤旅团长，一出医院就再回来补充调度，从预备师接收新兵。都明白这个消耗担负，增加地方明日的困难，却从种种复杂情绪中继续补充下去。总以为这是和日本打仗，不管如何得打下去！迟迟不动，番号一经取消，家乡此后就再无生存可能。因此，国内任何部队都感到补充困难时，这地方却好像全无问题，到时总能补充足额，稍加训练就可重上前线，打出一定水平。就这样，一直到一九四五年底。小城市在湘西各县中，比沅水流域任何一处物价都贱，表面上可说交通不当冲要得免影响，事实上却是消费越来越少，余下一城孤儿寡妇，哪还能想到囤积居奇发国难财？每一家都分摊了战事带来的不幸，因为每一家都有子弟做下级军官，牺牲数目更吓人。我们实在不能想象一个城市把成年丁壮全部抽去，每家陆续带来一分死亡给五千少妇万人父母时，形成的是一种什么空气！但这是战争！有过二百年当兵习惯的人民，战争是什么，必然比任何人都更清楚明白。而这些人的家属子女，也必然更习惯于接受这个不幸！战争完结后，总还能留下三五十个小学教员，到子弟长大入学时，不会无学校可进！

和平来了，胜利来了，但战争的灾难可并未结束。拼补凑集居然还有一个甲种师部队，由一个从小兵做文书，转军佐，升参谋，入陆大，完全自学挣扎出来的×姓军官率领，驻防胶济线上。原以为国家和平来临，人民苦难已过，不久改编退役，正好过北平完成一个新的志愿，好好读几年书，且可能有机会和我合作，写一本小小地方历史，纪念一下这个小山城成千上万壮丁十年中如何为保卫国家陆续牺牲的情形，将比转入国防研究院工作还重要，还有意义。正可说明一种旧时代的灭亡新命运的开始，虽然是种极悲惨艰难的开始。因为除少数的家庭还保有些成年男丁，大部分却得由孤儿寡妇来自作挣扎！不意内战终不可避免，一星期前胶东一役，这个新编师却在极其暧昧情形下全部覆没。师长随之阵亡。统率者和一群干部，正是家乡人八年抗战犹未死尽的最后残余。从私人消息，方明白实由于早已厌倦这个大规模集团的自残自渎，因此厌战解体。专门家谈军略，谈军势，若明白这些青年人生命深处的苦闷，还如何正在作普遍广泛传染，尽管有各种习惯制度和小集团利害拘束到他们的行为，而且加上那个美式装备，但哪敌得过出自生命深处的另外一种潜力，和某种做人良心觉醒否定战争所具有的优势？一面是十分厌倦，一面还得接受现实，就在这么一个情绪状态下，我家乡中那些朋友亲戚，和他们的理想，三五天中便完事了。这一来，真是连根拔去，"算军"再也不会成为一个活的名词，成为湖南人谈军事政治的一忌了。而个人想从这个野性有活力的烈火焚灼残余孤株接接枝，使它在另外一种机会下作欣欣向荣的发展、开花结果的企图，自然也随之摧毁无余。

得到这个消息时，我想起我生长那个小小山城两世纪以来的种种过去。因武力武器在手而如何形成一种自足自恃情绪，情绪扩张，头脑即如何逐渐失去应有作用，因此给人同时也给本身带来苦难。想起整个国家近三十年来的苦难，也无不由此而起。在社会变迁中，我那家乡和其他地方青年的生和死，因这生死交替于每一片土地上流的无辜的血，这血泪更如何增加了明日进步举足的困难。我想起这个社会背景发展中对青年一代所形成的情绪、愿望和动力，既缺少真正伟大思想家的引导与归纳，许多人活力充沛而常常不知如何有效发挥，结果便终不免依然一个个消耗结束于近乎周期性悲剧宿命中。任何社会重造品性重铸的努力设计，对目前情势言，甚至于对今后半世纪言，都若无益白费。而近于宿命的悲剧，却从万千挣扎求生善良本意中，做成整个民族情感凝固大规模的集团消耗，或变相自杀。直到走至尽头，才可望得到一种真正新的开始。

我也想到由于一种偶然机会，少数游离于这个共同趋势以外恶性循环以外，由此产生的各种形式的衍化物。我和这一位年纪轻轻的木刻艺术家，恰可代表一个小地方的另一种情形：相同处是处理生命的方式，和地方积习已完全游离，而出于地方性的热情和幻念，却正犹十分旺盛，因之结合成种种少安定性的发展。但是我依然不免受另外一种地方性的局限束缚，和阴晴不定的"时代"风气俨若格格不入。即因此，将不免如其他乡人似异实同的命运，或早或迟必僵仆于另外一种战场上，接受同一悲剧性结局。至于这个更新的年轻的衍化物，从他的通信上，和作品自刻像一个小幅上，仿佛也即可看到一种命定的趋势，由强执、自信、有意的阻隔及永远的天真，共同作成一种无可避免悲剧性的将

1947年，为沈从文小说《边城》创作的插图《花环》

1947年，为沈从文小说创作的插图《苗舞》

来。至于生活上的败北，尤其小焉者。

最后一点涉及作者已近于无稽预言，因此对作者也留下一点希望。倘若所谓"悲剧"实由于性情一事的两用，在此为"个性鲜明"而在彼则为"格格不入"时，那就好好的发展长处，而不必求熟习世故哲学，事事周到或八面玲珑来取得什么"成功"，不妨勇敢生活下去，毫无顾虑的来接受挫折，不用作得失考虑，也不必作无效果的自救。这是一个真正有良心的艺术家，有见解的思想家，或一个有勇气的战士共同的必由之路。若悲剧只小半由于本来的气质，大半实出于后起的习惯，尤其是在十年游荡中养成的生活上不良习惯时，想要保存衍化物的战斗性，持久存在与广泛发展，一种更新的坚韧素朴人生观的培育，实值得特别注意。

这种人生观的基础，应当建筑在对生命能作完全有效的控制，战胜自己被物欲征服的弱点，从克服中取得一个完全独立的人格，以及创造表现的绝对自主性起始。由此出发，从优良传统去作广泛的学习，再将传统长处加以综合，融会贯通，由于虔诚和谦虚的试探，十年二十年持久不懈，慢慢得到进展，在这种基础上，必会得到更大的成就。正因为工作真正贴近土地人民，只承认为人类多数而"工作"，不为某一种某一时的"工具"，存在于现代政治所培养的窄狭病态自私残忍习惯空气中，或反而容易遭受来自各方面的强力压迫与有意忽视，欲得一稍微有自主性的顺利工作环境，也并不容易。但这不妨事，倘若目的明确，信心坚固，真有成就，即在另外一时，将无疑依然会成为一个时代的重要标志！如所谓"弱点"，不过是像我那种"乡下佬"的顽固拘迂作成的困难，以作者的开扩外向性的为人，必然不会得到我的悲剧性的重演。

在人类文化史的进步意义上，一个真正的伟人巨匠，所有努力挣扎的方式，照例和流俗的趣味及所悬望的目标，总不易完全一致。一个伟大艺术家或思想家的手和心，既比现实政治家更深刻并无偏见和成见的接触世界，因此它的产生和存在，有时若与某种随时变动的思潮要求，表面或相异或游离，都极其自然。它的伟大的存在，即于政治、宗教以外，极有可能更易形成一种人类思想感情进步意义和相对永久性。虽然两者真正的伟大处，基本上也同样需要"正直"和"诚实"，而艺术更需要"无私"，比过去宗教现代政治更无私！

必对人生有种深刻的悲悯，无所不至的爱！而对工作又不缺少持久狂热和虔敬，方能够忘我与无私！宗教和政治都要求人类公平与和平，两者所用方式，却带来过封建性无数战争，尤以两者新的混合所形成的偏执情绪和强大武力，这种战争的完全结束更无希望。过去艺术必需宗教和政治的实力扶育，方能和人民对面，因之当前欲挣扎于政治点缀性外，亦若不可能。然而明日的艺术，却必将带来一个更新的庄严课题。将宗教政治充满封建意识形成的"强迫""统制""专横""阴狠"种种不健全情绪，加以完全的净化廓清，而成为一种更强有力的光明健康人生观的基础。这也就是一种"战争"，有个完全不同的含义。唯有真的勇士，敢于从使人民无辜流血以外，不断有所寻觅探索，不断积累经验和发现，来培养爱与合作种子使之生根发芽，企图实现在人与人间建设一种崭新的关系，谋取人类真正和平与公正的艺术工作者，方能担当这个艰巨重任。这种战争不是犹待起始，事实上随同历史发展，已进行了许多年。试看看世界上一切科学家沉默工作的建设成就和其他方式所形成的破坏状况，加以比较，就可知在中国建立一种更新的文化观和人生观，一个青年艺术家可能做的永久性工作，将从何努力着手。

这只是一个传奇的起始，不是结束。然而下一章，将不是我用文字来这么写下去，却应当是一群生气勃勃具有做真正主人翁责任感少壮木刻家和其他艺术工作者，对于这种人民苦难的现实，能作各种真正的反映，而对于造成这种种苦难，最重要的是那些妄图倚仗外来武力，存心和人民为敌，使人民流血而发展成大规模无休止的内战（又终于应合了老子所说的"自恃者灭，自胜者绝"的规律），加以"耻辱"与"病态"的标志，用百集木刻，百集画册，来结束这个既残忍又愚蠢的时代，并刻绘出全国人民由于一种新的觉悟，去合力同功向知识进取，各种切实有用的专门知识，都

1947年，为沈从文小说《边城》创作的插图《吹笛》

各自得到合理的尊重，各有充分发展的机会，人人以驾驭钢铁征服自然为目标，促进实现一种更新时代的牧歌。"这是可能的吗？""不，这是必然的！"

附记

这个小文，是抗战八年后，我回到北京不多久，为初次介绍黄永玉木刻而写成的。内中提及他作品的文字并不多，大部分谈的却是作品以外事情——永玉本人也不明白的本地历史和家中情况。从表面看来，只像"借题发挥"一种杂乱无章的零星回忆，事实上却等于把我那小小地方近两个世纪以来形成的历史发展和悲剧结局加以概括性的记录。凡事都若偶然的凑巧，结果却又若宿命的必然。如非家乡劫后残余的中年人，是不大会理解到这个小文对于家乡的意义。家乡的现实是：受历史性的束缚，使得数以万千计的有用青年，几几乎全部毁灭于无可奈何的战争形成的趋势中，而知识分子的灾难，也比湘西任何一县都来得严重。写它时，心中实充满了不易表达的深刻悲痛！因为我明白，在我离开家乡去到北京阅读那本"大书"时，只不过是一个成年顽童，任何方面见不出什么才智过人。只缘于正面接受了"五四"余波的影响，才能极力挣扎而出，走自己选择的道路。大多数比我优秀得多的同乡，或以责任所在，离不开教师职务，或认为冰山可恃，乐意在那个小小的军事集团中磨混，到头来形势一有变化，几几乎全部在十多年中，无例外都完结于这种新的发展变化中。

这个小文，和较前一时写的《湘行散记》及《湘西》二书，前后相距约十年，叙述方法和处理事件各不相同。前者写背景和人事，后者谈地方问题，本文却范围更小，作纵的叙述。可是基本上是相通的。正由于深深觉得故乡土地人民的可爱，而统治阶层的保守无能故步自封，在相互对照下明日举步的困难，可以想象得到。因此把唯一转机希望，曾经寄托到年青一代的觉醒上，影响显明是十分微弱的。因为当时许多家乡读者，除了五六人受到启发，冲出那个环境，转到北方做穷学生，抗战时辗转到了延安，一般读者相差不多，只能从我作品中留下些"有趣"印象，看不出我反复提到的"寄希望于未来"的严肃意义。本文却以本地历史变化为经，永玉父母个人及一家灾难情形为纬交织而成一个篇章。用的彩线不过三五种，由于反复错综连续，却形成土家族方格锦纹的效果。整幅看来，不免有点令人眼目迷乱，不易明确把握它的主题寓意何在。但是一个不为"概念""公式"所限制的读者，把视界放宽些些，或许将依然可以看出一点个人对于家乡的"黍离之思"！

在本文末尾，我曾对于我个人工作作了点预言，也可说一切不出所料。由于性格上的局限性所束缚，虽能严格律己，坚持工作，可极缺少对世事的灵活变通性。于社会变动中，既不知所以自处，工作当然配合不上新的要求，于是一切工作报废完事于俄顷，这也十分平常自然。还记得解放前付印《长河》，在题记中我就曾经说过："横在我们面前许多事情，都不免使人痛苦，可是却不必悲观。骤然而来的风雨，说不定会把许多人的高尚理想，卷扫摧残，弄得无踪无迹。然而一个人对于人类前途的热忱，和工作的虔敬态度，是应当永远存在，且必然能给后来者以极大鼓励的！……"我的作品，早在五三年间，就由印行我选集的开明书店正式通知，说是各书已过时，凡是已印未印各书稿及纸型，全部代为焚毁。随后是香港方面转载台湾一道明白法令，更进一步，法令中指明一切已印未印作品，除全部焚毁外，还永远禁止再发表任何作品。这倒是历史上少有的奇闻。说作品已过时，由国内以发财为主要目的商人说出，若意思其实指的是"得即早让路，免得成为绊脚石"，倒还近情合理，我得承认现实，明白此路不通，及早改业。至于台湾的禁令，则不免令人起幽默感。好像八百万美式装备，满以为所向无敌，因此坚决要从内战上见个高低的一伙，料不到终究被"小米加步枪"的人民力量打得一败涂地。还不承认是由于政治极端腐败必然的结果，却把打败仗的责任，以为是我写了点反内战小文章的原因（本文似也应包括在内），才出现这种禁令。得出这种结论，采取这种方法，是绝顶聪明，还是极端愚蠢，外人不易明白，他们自己应当心中有数。试作些分析，倒也十分有趣。

中国现在有不少研究鲁迅先生的团体，谈起小说成就时，多不忘记把《阿Q正传》举例。若说真正懂得阿Q精神，照我看来，其实还应数台湾方面掌握文化大权的文化官有深刻领会。这种禁令的执行，就是最好的证明，实在说来，未免把我抬举得太高了。

至于三十多年前对永玉的预言，从近三十年工作和生活发展看来，一切当然近于过虑。永玉为人既聪敏能干，性情又开阔明朗，对事事物物反应十分敏捷，在社会剧烈变动中，虽照例难免挫折重重，但在重重挫折中，却对于自己的工作，始终充满信心，顽强坚持，克服来自内外各种不易设想的困难，从工作上取得不断的突破和进展。生命正当成熟期，生命力之旺盛，明确反映到每一幅作品中，给人以十分鲜明印象。吸收力既强，消化力又好，若善用其所长而又能对于精力加以适当制约，不消耗于无多意义的世俗酬酢中，必将更进一步，为国家做出更多方面贡献，实在意料中。进而对世界艺术丰富以新内容，也将是迟早间事。

一九七九年十月十四日作于北京

离智慧越近，离权力越远

别轻蔑少年时期感动过的东西

来的是谁

一九七×年十一月间,北京城里照习惯天气本来十分晴朗,还不太冷。大街上两旁白杨树高高上耸六七丈,许多还只是"木叶微脱"景象。某一天下午三点左右,因西北寒流的突然侵袭,气温忽然降到零下约十度。到六点前后,大街上行路人、下班的、散学的、买货的、借公事办私事的、各色各样人上百货公司闲逛的、走路的、骑车的,凡事先没有准备,多缩住个颈子,显然有点招架不住,难以适应。骑自行车的青壮,忘了戴手套,有点骑车技术待机会表现的,就一面搓手,一面借此显显本领,引人注意。可是时候不对,只能引起加班交通警和临时服务的红小兵的指责,不免近于自讨没趣。

特别是从南方来新下火车的，一出了站，自然觉得格外寒气逼人。可是照样还是火车一到站不久，就有一大群各式各样旅客形成的"人的洪流"，和挤牙膏般从出口处向外涌。因为这次是南来直达车，有不少从长江以南省市来的，说广东话、广西云南话，和湘南话的，从身上单薄装备看，一望而知是不习惯于这个气温零下十度的接待的。各处有人打喷嚏。各处还有人用家乡话表态："啊呀呀，好冷好冷！"有的还中途放下手中提的什么，搓一搓手，内中也还有小小的在母亲怀抱里的孩子，还照南方习惯，一双小光脚却露在外面，大人来不及注意，一双小肉脚不冻坏，真是侥天之幸，可是这些琐碎闲事照例没有一个人会注意到。因为人人各有目的，各奔前程，到了地，就不用担心了。上三轮的，乘电车的，坐"公共"的，坐小汽车的，各有不同派头，可说一望而知。自然也还有不少人，挤出站后照例停顿在长廊子下，呆呆地四下张望，等待先约好的亲友熟人，就中还会发现虽在四五千里长途旅行中，受了点折磨相当疲劳，依旧还挺拔波俏，又或只是个平板板面庞，还相当爱好的二三十岁妇女，从随身小手提包掏出小小镜子梳子，整整容，理理发，又还有人就廊子下灯前写点什么或找通信地址的。等不多久，不外两种结果：一是偶然间彼此发现，便像吸铁石一般，下下子就吸了拢去，说新道旧，随后那个接客的必喜洋洋的，某些方面像个公鸡一样，（如果接的恰是爱人或准爱人，一定更像公鸡。）走去把三轮叫来，几个手提包向车前搭脚处一搁，共同坐上，就走向我们不易设想的什么四合院或某单元几楼去了。至于到地后晚上吃的是白菜饺子还是蛋炒饭，那就无法明白了。其次一种人是老等不来的，显然有点焦急，才茫茫然走向问事警或服务员，经过指指点点，也还是照样坐上三轮走了，当然还有什么车也不坐，却三三五五，快快慢慢，提提扛扛，出了站一直走去，到大马路才散开的。这个队伍可相当庞大，男女老幼具备，有的穿得还相当引人注目，"老北京"不大习惯。因为南方几个省市，有些地方这时节还正穿短袖衬衫，另外还有些是从香港和海南岛的来客，有的来自南方乡城探亲的，手提竹篮中，间或还会露出个大公鸡头，冠子红红的，眼珠子黄亮亮的，也四处张望，意思像有意见待表示。"这有什么好？路面那么光光的，一无所有。人来人往，那么乱，不是充军赶会忙些什么？……一只蚱蜢、一条蚯蚓也见不到！"这点印象感想，应当说是极其正常实际而且诚恳坦白的。因为它是来自外省的"一只公鸡"！凡是公鸡照例不免有点骄傲，相当主观，我们哪能作过多要求，其实有些人你告他有的母鸡每年能下三百个蛋，他还不大相信，以为"那不忙坏了吗？"因为许多地方经验规矩，每年下百把蛋，已很不错了，料想不到另外地方的母鸡不声不响，每天下一个蛋，看来也并不太忙？

就在这种照例的、平常的、每天早晚任何一时都在反复出现的忙乱景色中，下午六点到站的列车软卧里，内中有个不怎么引人注意的小老头子，照身材估量像是个南方人，照

来的是谁？

装备看来可又像个"老北京"，随同大伙人流挤出站时，似乎显得有些特出，有些孤独。这种印象大致是那个破旧的皮领子大衣和那顶旧式油灰灰的皮耳帽形成的。肩上扛了个旧式印花布做成小而旧却又似乎相当沉重的包袱，谁也不知道里面装的是什么"法宝"。或许他自己也不会完全知道。因为人已显得相当老态龙钟，走路脚步乱乱的，与众不大合拍，时而碰着前面一个，时而又被身后的人推了一把。他倒全不在乎，随大流！

这小老头子把大衣紧紧裹着，像个"炸春卷"差不多。只露出个小小下巴，挂了把乱乱的白胡子。虽然是"老北京"派头，可像是出京已很久、在一个不易想象的什么地方住下多年，有了点外乡气，和近于返老还童的孩子气。

因为看到一大群人，齐向附近路旁地下铁道站小亭子的入口处拥去时，却在附近路旁停了一会儿，带点好奇心情欣赏了一番。直到被另外一个三十来岁青壮，为了赶车，只向前望，不顾其他，手提两个大旅行包，忙匆匆地把他猛撞了一下，老头子受了个突然冲击，向前蹿了三四步，稳住身后，才明白站的不是地方，挡了青壮的路。就急忙走开，口里还照北京旧礼貌，不住地说，"对不起，对不起！"可是本应当表示歉意的壮士，像是个来京办事的，带了不少土特产的新来客，朝气中不免稍微夹点"官气"，倒反而狠狠瞪了"小老头子"一眼，用个更偏北的口音，"哼，什么对得起对不起，废话。"回答得干干脆脆，毫不理会的走向地下铁去了。老头子阅世多，对于这个新作风，丝毫不在意。估想这大致是个"科级"、"主任"什么吧。在有些较远省市机关，这种人照例是相当能干得力，也就相当威风。上京开过会后还将格外威风。从后望着那个宽阔肩背。"少年有为撞劲足！"语意双关，有褒有贬，总结似的说了那么一句，充满好意，笑了笑，便向前走了。

过不多久，到了个看来原本十分相熟，却又久已陌生的干干净净的小胡同转角处，小小旧门边站了一忽儿，又望望新装置的门牌式样，才拍拍门，里面无动静，像是听到有人自得其乐在唱歌。不慌不忙的，又用点力拍了十来下，过不久，歌声停后，才听到有人从里边院子走出，一个大姑娘声音脆脆地问："是谁？"老头子有意不理会。里面于是又问："是谁？您找谁？"这个声调他像是相当熟悉。

　　"我找姓张的！"

　　"找张什么？"

　　"张永玉！"

　　里面似乎引起了点疑心，"没有这个人！"

　　"那找张黑蛮！"

　　"我这里也没有张黑蛮，李黑蛮，却只有个——"

　　"那就找张黑妮！"

　　妮妮觉得这可奇怪，点到头上来了，怎么我叫张黑妮？莫非是什么"马扁儿"？……值得警惕。过了会会才说："我们这里住的不是姓张的，是姓——你找错了！"

　　外面那个老头子也迟疑了一会会，却十分肯定地说："这里住的难道不是姓张吗？还有个什么张梅溪！你们可不是一家人吗？"

门里那个大姑娘只因为前不久在学校里面演过沙家浜戏中的阿庆嫂，或多或少受了点影响。因此和阿庆嫂式一般的想，"这事情可巧，究竟是谁？打的是什么坏主意？"天气忽冷，出来开门，穿的衣薄了些，又快到天黑，门外路灯却还不亮。她于是谨谨慎慎，试从门缝向外张望张望，只依稀看到一顶皮帽子，一个皮领子大衣，背上像还有个小小包袱，花不溜秋的，面貌可看不清楚。怕真是什么骗子坏人，装成刚下火车寻亲访友样子。盼望父母回来解围，却偏偏不来。就连声说"没有，没有"！

满以为语气一坚定就可以应付过去，准备返回房间。只听外边那老头子带点失望神气自言自语，事实上却是有意让她听到，"那就怪了？明明白白是住在这里的，哪会错？"

引起了大姑娘一点好奇心，于是一面想起"为人民服务"教训，另一面想再摸摸底，于是，变了变语气，和和气气，慢慢的，一字一句地说："老同志，您是哪里来的？您找门牌错了，这里住的姓黄，门牌上不是写得清清楚楚吗？您有什么事？"

"我有要紧事。我没有什么事。……是姓张，不会错。是门牌上写错了！你开开门吧。"

这一来，可更加引起门里面大姑娘的警惕心了。想用个调查研究方法，装成凡事不在乎的神气。"老同志，怎么你反而知道门牌写错了？"

老头子简直是像有点生气样子，大模大样地说："我怎么不知道？我不知道，难道你反而会知道？"

这番对话自然太离奇不经了。简直是新天方夜谭，一生没有听过的。特别是最后的反问，这一"将军"，世界上哪里会有这种棋法？使得大姑娘不知如何回答。即或真是十分聪敏机警的阿庆嫂，也会有点迷乱，一时难于应变。

老头子不再说什么，只像自言自语，事实上还是有意让门里人听到，"如果真不是张家，那我就只有——上火车回去了。"等一会会又说，"你是谁，报上名来！"

总而言之，语气中态度越来越恶劣，越不对头。而且矛盾百出，不是骗子就是疯子，才会这么措辞。

里面那一位演阿庆嫂的，不免也自言自语，可同样是有意让外面那人听到，"我姓什么你管不着，横顺总不姓张。你要走，随你的便，请吧。有什么真走假走？赶快走，你骗得了别人，可骗不了我！"

再过不久，门外毫无动静，外面那人果然就走了。事情虽对付过去，大姑娘觉得还不完结。心里像有个小小疙瘩待

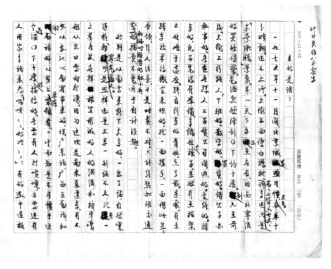

沈从文手稿《来的是谁》

解开，可无着手处。走向院子时，引起她的沉思，"这是怎么回事？……你再装得俨然，我总不会上你的当。……什么真走假走？……什么报上名来？"

她今年已十七岁，平时本来谨谨慎慎，聪敏内涵不外露。对亲友极平易亲切，对同学也不设防，少机心。因为近来演演戏，又多看了些新旧小说，对于"阶级斗争"的复杂性，似乎有了点新认识、新领会。一联系到今天这个问题上，警惕心高过了需要，于是本来极平常的事，也显得复杂起来。弯子太曲折了，一时转不来，就估计错了。匆匆忙忙回到屋子后，鼻子闻闻才放了心。她还有点别的责任！

父母哥哥一时还不回来，她今天负责办晚饭，炉子上正煮了一锅杂红菜汤，原本守在炉边掌握火候，要恰到好处，就得把锅子移开。在门前一番无意义的白搭，弄得心乱乱的。不免稍稍耽搁了些时间。试尝尝菜汤，幸好还不太烂。移开后，炖上个水壶，就开始切面包。心中还是不免又纳闷又有点懊恼。好像不相干的话多说了点，言多必失，有点悔，有点生自己的气。怕以后再来夹缠，不太好办。对付坏人总得讲点策略！但是"策略"包含的意义，她还似懂非懂，因为平时在生活上使用不上。

大约七点钟，一家另外三人，看完电影，骑着车回了家。爸爸脱了大衣看看菜汤，也用小勺子尝了尝，为了逗女儿开心，故意学着刁德一的口气，"高明，高明。"因为女儿前个星期在学校刚演过阿庆嫂，做导演的还是戏本原执笔的汪伯伯，一家人坐在前排，都为这件事蛮开心，妈妈取出个大盘子装面包时，随口问："妮妮，可有什么人来过？"

"天那么冷，哪会有人来？——妈妈，有件事可真奇怪，前不多久，有个不认识的老头子敲门，问这里住的是不是张家？我告他不是。他还固执地说，一定是张家。我问他你找张什么？这人就不三不四的说，找张永玉，张黑蛮，张黑妮。就只不提你。名字对姓可不对。后来才又补一句，找个什么张梅溪。态度很不好，使我生气。世界上哪有'什么张梅溪'？问他有什么事，他说有要紧事，又说没有什么事。还说是姓张，把门牌写错了，他知道，我倒不知道。我想，这不是个骗子，就一定是个疯子，或者一样一半。我怕出麻烦，不搭理他。到后他就走了。"

妈妈因为想到别的事，心不在焉地听着，随口又问："还说些什么？"

"只听他在门口自言自语，'我找的就是张永玉，真不是张家，我可要上火车走了。末了还说，我可真走了啊！我想，走不走管我什么事，你就走吧。我不再理他，这坏人才走了。"

那个爸爸一面叼着新做的羚羊角长烟斗吸烟，一面默默地听下去，"这事倒有点稀奇……"插口问，"妮妮，是不是带点家乡口音？"

妮妮想了想，"好像——不像，不像。一定是个骗子。多少也有点装疯。可能是在车站上听到什么人说什么'耳边风'，一阵吹过去，留下点印象，就糊糊涂涂的，试来诈诈看。所以把妈妈的姓放到爸爸身上。……这人好像还穿个皮领子大衣，背了个小包袱，莫非当真是刚下火车的？"

大家为这个新事好像都冻结了，静了一会儿，各自琢磨这个巧问题。

那个爸爸忽然把新烟斗一放说，"妮妮，赶快穿了大衣到车站去找找那个骗子，一定要找到他。有问题，有问题。"

"是不是要告诉站上的公安人员管制？"

"不是，不是，看看究竟是个什么人。"

"永玉，永玉，天气那么冷，要妮妮去找骗子，不是发疯吗？疯子找骗子，哪有这个道理？妮妮不要去，大家吃饭吧。"妈妈一面取碗筷，一面表示意见。

妮妮因为做晚饭责任还未尽，当时实在又并未认清楚那个陌生人的面貌，同时也稍微有些害怕，不免感到有点为难。"我可不认识他，到车站怎么找？"

"你不是说穿了个皮领子大衣，背上还有个蓝色包袱？"

"车站上有成千上万穿大衣带包袱的人。"

"是个老头子！"

"老头子也多的是。"

"妮妮，你试想想看，像不像什么熟人开玩笑？"

妮妮摇摇头，"这哪会是开玩笑？……哎呀，有点像，很像……"

"像什么……"

那个始终沉默一心想着唐朝有名数学家和尚一行学下围棋故事的哥哥黑蛮，忽然插口说，"莫非是爸爸？……"其实他下面还有"显灵"两个字不曾说。

母亲却即刻截住了他胡说，"黑蛮，你真是想入非非。爷爷不是七×年早就在云南乡下死去了吗？你那时不是还……"话未说完，神经质的母亲大约联想起什么，忽然也愣住了。不免感到一点轻微恐怖。一家人这些日子，正抢着看新出版的谈狐说鬼的《聊斋志异》，上面恰恰有爷爷作的注。编者序言里，还提到这稿件的来源经过。说爷爷是独自一人住在云南一个小乡村里，工作刚完成，老病一发，就忽然死掉了。写序的那一位，当时恰在云南，过去还相当熟，为照料照料身后各事，理理大量遗稿，才有机会把它带来重印。……想起来心中不免有点难受。因为过去住在北京二十年，这个表爷爷算得一家最亲近的老一辈了。好像是最后一个老一辈了。

难道说鬼有鬼，一家人看《聊斋》中了毒，入了迷，弄得个头脑颠三倒四，邪气即乘虚而入？这倒像大有可能。首先，当然是那个不信鬼的爸爸，正因为从不信那些，却更容易怀疑。这也是事理之常。

于是又盘问起妮妮一切过程。黑妮说来说去，实在厌烦，不声不响，穿了她新作的猴头大衣，充满委屈心情，独自上车站去了，爸爸过意不去，心中嘀嘀咕咕，赶忙也穿上大衣，一面扣衣，一面追出了大门，一同向车站走去。

到了站里后，父女眼光四注的到处寻来找去，一遇到"老头子"、"皮领子大衣"、"花包袱"就仔细端详。还有意靠拢听听说话。可是不像原来那一个。直到各个候车室和特别为妇孺和老弱病残专用候车室来回全找遍后，都没有结果。问问候车室的服务员，才知道原来七点半有一次南下快车，因为车误点，还停在第八站台边，父女赶快又买了两张月台票，匆匆地跑向第八站台。事情太不凑巧，刚从地下室赶到台阶处，那个列车头却低低地吼了一声，慢慢开动了。"妮妮，赶快追追看，一个箭步！"

妮妮演《沙家浜》，看《智取威虎山》，和平时报刊，内中都有"一个箭步"的形容，却始终还不明白究竟什么叫作"箭步"。这时节无师自通，却也来了个"箭步"，一跃连升三级，三跃就到了站台，只见许多人在摇手招手。车窗门不开，里面灯光闪闪中，也有人不断摇手招手。初初车行还较慢，就再向前追去，赶近了车头，眼看一节节"硬卧"、"软卧"有节奏地响着，从身边飘过，车上许多人影晃动。也有首长高干一类人物，脸方方圆圆的，在"软卧"窗口，态度从容观望夜景。凡事一切照常。姑娘终没有特别发现。心中不免有点懊丧绝望。忽然看到爸爸在站台中段向接近最后一节加车，指指点点，似乎还大声的招呼妮妮，"你注意看看是不是？……"

说时迟，那时快，最后几节接近邮车的车厢，倏忽间即已从眼前驰过，仿佛正有个戴皮帽子、穿皮领子大衣的老头子，在车窗里向她连连招手，一面似乎还大声说："张黑妮，张黑妮，再见，再见！"事实上她的眼睛早已模模糊糊，而且车轮摩擦轨道声音极响，哪里还会听到车窗里的人声。一切都是恍恍惚惚。整个事件在她脑子里共同形成一种情绪混乱，加上《聊斋》故事作成的印象相互混合，觉得和做梦简直差不多。"这是怎么回事？是结束还是开始？"父女默默地各有所思地向站门走去。

到出站时，才知道已落了大雪。大片鹅毛雪落得格外猛，面前强烈的照路灯也掩住了。那个爸爸自言自语说："这就叫作天有不测风云，人有……"

爸爸为她理理领子，并肩走去，十分温柔地说："妮妮，可哭了吧。不要哭！做人要坚强一点。不会是爷爷。哪有那么巧事？一定是车站上的老骗子，或者稍微也有点'文化'，认得几个字，人老成精，骗过不知多少人。白天在附近胡同里各处转，看机会，找空子，见到我家新门牌上姓名，又弄不大清楚，我们注意不到他，他倒早已注意到我们。趁我们出门，傍晚时，就想主意来诈骗，连哄带吓，只因缺少调查研究，所以话说得不伦不类。骗子就只这点本领，肯定以后就再也不敢来了。你小心谨慎，不开门上当，是完全对的。绝不会是那个爷爷。爷爷早死了，如果真是爷爷，难道人一老，就糊涂得还不知道我们姓什么。我自己难道也还不知道姓什么，需要这个老骗子来做证明？照旧小说的说法，就叫做人心不古。住在车站旁哪能避免这种麻烦？"

尽管这么自圆其说，好像合情合理的安慰妮妮，可是自己终不免也有点儿疑问，"既不会是爷爷，也不大像骗子，此外还是什么？家乡难道有个什么人，鬼……大表爷爷？那就更早已经……"

两人回到家里时，妮妮进门，照习惯摸摸门里邮信箱，果然有个信。其时街灯虽已明亮，自己还泪眼婆娑模模糊糊，乍一看封面有个"张"字，就以为是妈妈张梅溪的。到了屋里，妈妈接过了信，却尖声叫嚷起来："永玉，永玉看看这是什么？"父女两人还来不及脱大衣，一齐凑拢去。原来信封上就明明白白写着：张永玉同志收。

果然不出所料，原来事情并没有完。显然是恐吓讹诈信。上海流氓老玩意儿，想不到还会出现在首都！信厚厚的超过了量，还整整齐齐的贴了二十四分新邮票。作爸爸的一家之主，素来十分自信，不免又紧张又故作从容，掂掂又摸摸，重虽重，里面还像是软软的，一家四人聚精会神围坐在桌边，他才谨谨慎慎地把信裁开，满以为是什么秘密宝盒，裁开后大家不免嗒然失望。原来里面除了二十张空白格子稿纸，什么都没有。信封却写得端端正正，邮票上好像是忘了盖戳记，看不清楚原寄地。此外即毫无线索可寻。一切更加了一家人的糊涂。

吃饭时，几个人还猜来猜去，更深一层陷入迷惑中。完全意料不到会有这么一件事发生。特别是家中年纪最小的黑妮，等于在温室里长大的，更容易感到混乱。究竟这是真有其事，还是根本没有什么事？自己找不出正确回答。

倒是会下围棋的哥哥老成，沉静仔细，不什么发表意见，因为他胸有成竹，认为可能是几个平日最相熟会开玩笑的同学（大顽童）有意安排，让两兄妹捉迷藏的。并且断定信中还有漏洞或秘密可以发现，因此吃过饭后独自坐在那张十年前爷爷来时必坐坐的专用旧榆木大椅子上，用个"福尔摩斯"办案姿势把那个信里的白稿子一页一页翻来覆去，认真仔细地加以研究。并且还把每一张稿纸都在灯光下照一照，还是得不到什么名堂。只差建议把这束白稿纸浸在水中显显影。于是为这个信下了个结论："肯定是张大头和另外一个什小鬼有意开的玩笑。因为破绽百出……"忽然有所发现大叫起来，大家竞着去看时，原来末后一纸，还用淡墨写了五六行小字，写得偏偏斜斜的，近于有意增加神秘，真像是捉迷藏，写的是：

张永玉，你这个聪明人，真是越读《矛盾论》越糊涂，转向反面。到今为止，还不知道自己究竟姓什么，妻室儿女也不明白自己姓什么。世界上哪有这种聪明人？为什么不好好的作点调查研究，或问问有关系的熟人？你回家扫墓时，为什么不看看墓碑上写的是什么？

一家人为这个新发现全呆住了，怎么事情越来越复杂？这骗子可并不傻，真有两手！

使得做爸爸的格外沉静，好像中了一箭，可不明白伤口何在。一再拈起末尾那张稿纸上几行文字琢磨："对，我是没有问过，我自己父亲的一生也不大明白！上坟也没有看过碑上写些什么，只知道上几代有个黄河清，是读书人，点过拔贡，看守文庙，相当穷。老家有株大椿树，三四个人还抱不住，所以叫作'古椿书屋'。此外白纸一张。有几个姑婆和几个伯伯叔叔，还不明白！"

过了许久，忽然"心有灵犀一点通"似的，拍手大笑起来，好像发现了什么秘密或真理，"哈哈，我明白了，明白了，这个巧谜子可被我猜破了。是开玩笑，又不是开玩笑。此话怎讲？一分为二，对妮妮是在开玩笑，对我们可不

沈从文在双溪写给黄永玉的信

是。为什么前十多年，爷爷在北京时，家里许多事从不问爷爷？回家时上坟，也不注意过碑上写了些什么？……爷爷一定还活着，这是爷爷写的。一定从云南回来，刚下火车就来看我们！知道家里只妮妮一个人，故意逗妮妮开心，装得糊糊涂涂，话说得牛头不对马嘴，妮妮一开门，岂不是就明白揭穿了？妮妮太小心谨慎，这回可真被骗了，我们也连带被骗了。今天不来明早一定还会来。准备欢迎，不会错。"

经过一家之主的仔细加以分析解释，母女想想："有道理，有道理。"自然不免是喜极而泣，因为爷爷居然还活着，可是随后却不免又怀疑起来，世界上巧事虽层出不穷，中国红卫星还一再上了天，而且一个比一个完备。可是难道编书的写的序言，还会是旧社会老一套，和书中谈狐说鬼的老故事差不多，全是半真半假说来哄人的？明天万一不来，又怎么说？因此家中"小诸葛"黑蛮的意见，暂时占了点上风，值得考虑。他觉得"这肯定还是几个同学有意捣乱，不要见神疑鬼。我决不相信，我决不相信"。

可是随后不久，就应了俗话所说，"三个臭皮匠凑成个诸葛亮"，黑蛮设想，缺少群众基础。父女三人共同的分析，终于把自以为是的"小诸葛"意见推翻了。因为世界上除了爷爷，哪里还会有另外什么人，知道家里事情那么清楚详细，并且还点明从家里祖坟墓碑上可解决问题？"什么张梅溪"，"报上名来"，"我可真走了"，除了爷爷逗孩子，故意激恼妮妮，还有什么人会有这种口气？黑妮终于笑了起来，哥哥却记住了"求同存异"，不仅外交上用得着，讲家庭团结也少不了。就不再说什么，用个"等着瞧吧"停止辩论，当然大家也是"等着瞧"的。

至于这一家究竟姓的是千字文中的第一句"天地玄黄"的"黄"字，还是百家姓里第六句的"何吕史张"的"张"字？这问题忽然提出，完全出人意料，读者也是一定不下于这一家人迫切想要明白个水落石出。姓氏本来近于一个符号，或许可以姓黄，也可以姓张，言之不免话长，要知后来如何，且听下回分解。常言道，无巧不成书，真正巧事还在后头，诗曰：

想知眼前事，得问知情人，

不然真糊涂，懵懂过一生。

世事皆学问，举措有文章，

一部廿四史，慢慢说端详。

一九七一年六月一日，完成第一章引子，第四次重抄完毕于双溪见方一丈斗室中，时大雷雨过后，房中地面如洗。溪水上涨，公路便桥桥面去水仅尺余，溪水再上升，恐将冲毁。可是那个三孔大石桥还上好的可以通行，另外一个新桥又已在准备动工，溪水再升级也不妨事！

这里的人只想做事

××：

　　我很想念你，可不知如何说下去。如果在香港无什么必要，照我看北来学习为合理。这要下决心，从远处看，不以个人得失在意，将工作配合时代，用一个谦虚诚实且得耐劳苦合群众的工作态度，来后一定可以工作得极愉快的。（曾祺即那么上了前！）这里二表婶（注：即沈太太张兆和女士）也上了学校，睡土地，吃高粱米饭，早上四点起床，读文件、唱歌，生活过得兴奋而愉快。以她那么性格，不仅受得了，还会影响到其他相熟同事太太，都希望去学习。以曾祺性格，一人南下团，即只想永远随军。照我想来，只要你经济方面不发生问题，香港家中可不用你照料，实值得来苦几年，随军或下工厂，一定可充分用其所长，好好参加这个大时代的第一步建设大路。说是苦，也并不如何苦，因为上下差不多，就忘掉苦了。你四叔闻在东北，事做得好，也已经是老伙，我听熟人说的。……

经过几个月检讨反省，把自己工作全否定了，二十年用笔离群，实多错误处。我已深深觉得人不宜离群，须合伴，且得随事合作，莫超越。因为社会需要是一个平。我现在，改用二十年所蓄积的一点杂史部知识，和对于应用艺术的爱好与理解，来研究工艺美术史。这是费力难见好，且得极大热忱和广泛兴趣方做得了的。搁下来从无人肯做，（千年来都无人认真做过）即明知是人民美术史，可无人肯来研究。我想生命如还可以用到为人民服务意义上，给后来一代学习便利，节省后来人精力，我当然来用它作为学习靠拢人民的第一课。预备要陆续把陶瓷史、漆工艺史、丝织物、家具等等一样样做下去。只要有一个稍为便利的环境，这工作，一定是可做下去，一个人的精力，且可以敌得上三个工作人员总效果的。如果有一个助手，一二年内，定还可把绘画史完全写出一个新面目。我的知识并不比人充分，只是理解问题，又有的是参考材料，且明白互相关系，如绘画和其

一九八二年五月，黄永玉与表叔一同回到母校——文昌阁小学

他部门关系。可惜不容易得一个助手。我们还在设法改良北平特种手工艺，包括漆、景泰蓝、丝绣、瓷、象牙、扣花布……目下还只是初步作计，将来一定会有极好发展。因为手边有充分图录供用。这是北平真正生产品，能换大量外汇的。一大堆杂知识、全生命热忱和一脑子理想，本来应当是配上手中一支笔，来为人民社会写新的史诗，我实在也乐意如此服务，作为二十年用笔离群补过工作！

你要明白的事，说简略些就是这样。（今天我头脑清楚，说得也比较清楚。）我实在盼望见见你，盼望你能来这里，因为还可以和你谈谈旧日家事，应当知道不易知道的。并且说学习，博物馆就有上万图录，颜色形态和线条，从彩陶到晚清，多大一份遗产，待人来花用来消化！但是从学校出身的美术学生，会利用遗产的可太少了，会从一切优秀传统学习再另有翻新体会，实在太少太少了。一个宝库等于搁在井里，你来看看才会明白可学的实在一生都用不尽。如果商量一下，可为天津进步报作木刻，有一定报酬，你来即住在我这里，我还可以和你来为手工艺作新设计，你也可以把木刻扩大，学雕漆及其他，因为这里有个设计机构，可以做种种试验的。如学雕塑，就有数千种参考品，泥石玉铜无所不具，各时代都可以见！（巴比伦埃及专著都有）我离开文学，能转而研究工艺美术史，在目下，我觉得也正是塞翁失马，对个人说无所谓，对社会说我相信实在有意义。正如近几年在此和朋友对博物馆的热心处，目下

沈从文与傩堂艺人

还不大为人理会，到十年八年后，有一天大学校的文化史或美术史，会要用这种新式博物馆上课的。只可惜生命恐有蒲柳先衰之感，来不及看到这种合理的发展罢了。（这里新木刻年画，大致在香港都可见到，有好的，不太多，还需要万千人来参加工作。）这里还有个革命博物馆，将来规模一定相当大，如照目前计划，用太庙大殿，就有十多堵三丈大墙要壁画，要新式壁画，还要无数雕塑，此外将来一切徽章、邮票……艺术家有多少工作可做！我现在正为历史博物馆整理旧漆器，仅仅柜门，就有一千件，好几个房子陈列还摊不开。有金石彩画，山水故事花卉全打破了旧格，别是一种新样，将来一定可影响到新水彩、新油画，你如能来把百十幅特别摹下，到香港印一个集子，给人印象将是空前的。我可惜一双手配不上知识理解，如能有一双能刻能画的手，从这些传统改造翻新，会使现代中国美术好几个部门，都要完全改观。目下的雕刻家和画家知道的问题却太少太少了。

问候你和家人好。关于我，你应当放心，一个人挣扎了三十年，什么苦都吃过了，且认真工作了二十年，对生命，也算对得起了。只因为用笔和社会发展游离，生活上离群不合伴，在时代过程中，自然不免会失去生存意义……不妨事。即终得牺牲于这个过程中，也不妨事。我已明白自己离群之非是，在根本上重造自己，而且比起许多熟人更彻底，这是应当告你使你放心的。历史伟大，个人渺小，万千

一九四九年八月十一日的香港《大公报》

善良的农民为追求一个进步合理的原则，都勇敢牺牲了，我们一点小小痛苦，不能说，不应说！……我们这里的人，只想做事，只想多有些助手，多有些工作机会，来为后来者垫个底子，时间却不免要消耗到杂务上去，来不及全生活放上去，真着急！因为有许多许多事，一不做再耽搁下去，无法着手。比如说，丝织物中的纱绸罗缎研究，二十年前，北平地摊上一元多可买乾隆到晚清纱一匹（价比糊窗子布只贵一些），到处都可以得到。十多年前，两元还可买二丈，花样至少也可到一二百种。三年前复员时，买纱衣也不过一元钱一件。百十件还是举手可得。到目前，就大不容易见了，如想来研究，晚三五年，就多用十倍精力和财力，也不易有早些注意的效果。比如纸，二十年可以买上千种不同旧纸，三年前我还为一个亲戚买上百多种极好旧纸，放到任何国家博物馆，也很像一个单位。当时花的钱不多，只是费点奔走寻觅之劳。到今年，即想努力来找，也无从设法了。中国造纸有了两千年历史，什么都不知，什么都没有，怎么谈，有的看它消灭，无人肯注意。到目前，即或要一个人来搜集，并搜集知识，也无法得到了。一句话，快完了。

现在几个朋友都觉得，要为国家在这方面尽力，还得趁早做，为的是不趁早来努力，将来即有人想来写一部文化史，有许多许多部门问题就根本无法着手！新的社会里要创造，也必须明白过去，才会创造未来。比如最近的瓷器改造问题，同是一团泥土，抟来捏去五千年来什么式样通有人做

三王庙（黄永玉 绘）

到了，而且三千年前就做得又结实，又美观，又十分合用。现在来改良的美术学校，对过去毫无所知，哪会有进步有成果。

××，你很可以斟酌一下看；要把工作配合动的世界，和社会的发展，应当有个决心变一变，来到这里有意义。要学习，综合传统一切来产生一个新，更必须来。这也只是一种看法。不想来，就说说你的打算。国家属于人民，在一种新的领导方式中，必然会将历史带入一种新的光辉里。看远景，人就会健康多了。并候佳好。

从文，七月十六

（原载香港《大公报》一九四九年八月十一日）

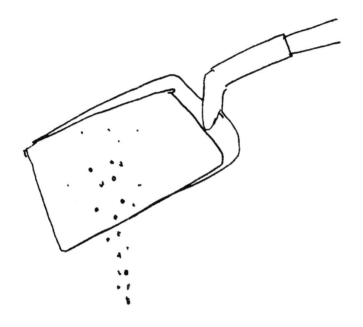

剩下多少就用多少。亲情、友谊、金钱都如此

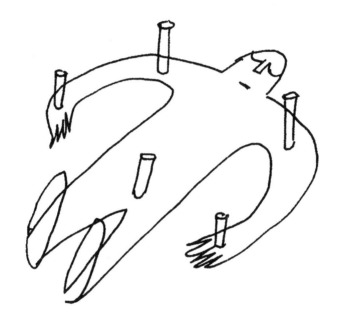

不顺眼的事，习惯了就行；苦的事，挨惯了就行；只是，万万不要觉醒！

"要鼓励永玉多做点事"

梅溪：

你俩小夫妇来，给孩子们真带来一份永久的春天！到现在，我们和石妈总还是把你们的善良和活泼，当成一个"漫谈"说下去。我觉得抱歉，即你们来时恰恰是我二十年中生活极不凑手，精神也不大好时。从不曾和你们好好的吃过一回饭，谈过一回话，玩过一两天。在云南乡下六年，那时房子虽不大，生活虽拮据，友好来到时，二表婶和我，还能用全副热忱来接待，掐大把山花插到土瓶中，送给客人。秋天来小院中波斯菊一片红黄照眼，我们不是和客人到山上仙人掌包围中的草坪里去看天云，就是在院子中一些煤油箱做成的椅子凳子间，吃橘子皮野果子做的糖酱。（这种客人思想也还是蛮前进的，工作极紧张的。）永玉为孩子们作的画像，看到的朋友都觉得自己如被画一下，十分幸运。因为几个专家也认为是"杰作"的，都欢喜的。可惜不为我画一个。

你们走时，我们都不曾能送上车站，也觉得过意不去，其实还有好些小东西送你们，因我不在家，他们不知道。北京地方宜于久住，有内容，人极厚重，尚情谊，住久了越分不开。像我这么一个人，似乎自己就是二十世纪前半期的北京一部分。尽管是一小部分，却实实在在的，且具有发展性，延续性。我说的是生命在这个环境中发展，转而为工作，工作的影响，显然是具有发展性和延续性的。但是极离奇，即二年前一下子忽然像割断了所有关联，我是谁我就不大明白。我能作什么，我写过了多少文章，教过多久书，有些什么意义，也不明白。看到自己写的和别人写的，有什么意义，都不大明白。都说是思想有问题，其实我已不再思想。总之，头脑不能用，工作的联系意义也即失去了。但存在却成为另外一种意义了。你们来时，我看到你们，想起和永玉父亲卅年前在一起情形，实在感动，因为说北京社会掌故种种，还是永玉父亲告给我的。不意一转眼已三十年，第二代又在社会上，参加国家建设和发展了。三十年时间好快！前几天，到颐和园去，在"云松巢"那所房子里，见到丁玲的母亲。提起永玉，她也深觉不见你们是憾事。因为她办的那个学校，永玉母亲曾在那里教过书。也即是永玉父亲和我常到的地方，永玉父亲黄玉书就在那学校里认识永玉母亲的。蒋老太太八十岁了，听到永玉又长大成人，还画得很好，即刻把印象带回三十年过去。我们就谈了许久常德。事实上，那个地方的一切，早在抗日时炮火中毁去，现在完全不同了，我们却各自对那个三十年前学校有个极清楚的印象，保留到回想中。生命真正离奇！在颐和园，我又看到丁玲的儿女，也成了大人。他父亲也死了二十年。他那时还不到三个月大，被我送回常德去交给那位老太太的。他在我面前，可想不出我是谁，我却正想起他被第一回交给了那外祖母，裹在一片白绒毯里，闭着个眼睛，那老太太当时感动得厉害，一双老眼湿湿的情形。从你们，从他们，从龙龙虎虎一天比一天长大，我感觉到一点，我老了。得赶快好好的再为你们这一代青年来工作一阵，写点你们已经不大理解，却应当明白的一代社会重要变化（从五四到北京解放）。也写一点你们这一代对更年青一代的贡献，以及在发展中应有的责任，必然的得失哀乐。工作能完成一部分，我会要休息了。就从那么一种情感意识里，读你们的来信，说到将来会来北京住下去，我是如何高兴！趁我头脑还能得用时来，有些对于工作的本质理解，有些看法，有些未能完成的理想，有些具发展性和延续性的工作经验，一定会对于永玉有用处的。我在一本书的引言上曾说过如下的话[①]：

骤然而来的风雨，说不定会把许多人的高尚理想，卷扫摧残，弄得无踪无迹。然而一个人对于人类前途的热忱，和工作的虔诚态度，是应当永远存在，且必然能给后来者以极大鼓励的！

正如毛主席在文件所说，共产党到了都市，一年来有些事都闲下来了，有些事生疏了，有些新事又得重新学习。你们这一代最要更加深加强学习的，似乎应该是一种完全新的东西，但其实这个新还是离不了从"对于人类前途的热忱"和"工作的虔诚态度"出发，有关这一点，北京是一定会有收获的。国家一切工作的推进，都要从这二点出发，才可见功。

你学文学，重要的是把叙事能力得到。先得把这个好处得到，将来才可用到各方面去。不能懒惰，要永远如战争那么和自己一切弱点而战，克服它。凡好的地方求更好些，永远在不断学习不断修正方式上去完成一件工作，这工作自会慢慢有成就的。多看短篇重要。契诃夫短篇很合用，方法上有长处可学，即以叙事为主。这是学叙事的人先得学会它，才可望把工作展开的。

北方秋天特别好，院子里葵花多如斗大，在阳光下扭着颈干转。茑萝花红阴阴的。虎虎作了一个箱架子，似乎比乡下木匠作的还好些，完全自己设计，搁四个大箱子还不在乎。小龙已转学师大附中，每天去。我快毕业了，考试测验在丙丁之间，我自评是对于政治问题答案低能。其实学习倒挺认真的。在那里只八个厨师傅还像是朋友，从他们学的可能比从小组学的将来用处多。对知识分子的好空谈，读书做事不认真，浪费生命于玩牌、唱戏、下棋、跳舞的方式，我总感觉到格格不入。三十年都格格不入，在这个学校里半年，自然更不会把这些学好。如思想改造是和这些同时的，自然也办不好。但是在这里，如想走群众路线，倒似乎会玩两手好些。常说点普通笑话也好些。会讲演说话也好些。我政治理论答案分数不高，这些又不当行，所以不成功。有关联系群众，将来定等级分数时，大致也是丙丁。这倒蛮有意思。学习为人民服务，在这里只一天间为打扫打扫毛房，想发动大家动动手，他们就说："我们是来改造思想，坐下来改造好了，好去为人民服务。"我说："一面收拾，一面才真正好思想。"没有一个人同意。在这里，实充满了这种对话，记下来很有意思。我常常想，大家都似乎有思想且在改造中日有进步，我可越来越不济事，只想在四个或五个宿舍中，包揽这一项业务，当作为人民服务的工作实施。工作做得蛮好，因为是用写小说一般的认真态度作的。你也得从这个方法上学习，可以帮助你将来写作。

我们家中石妈是个小说中人物。我已预约过要有个中篇写她。她是个战士，因为和生活战争了廿年，把两个孩子带大，都做了解放军，人相当伟大，比我所见一些知识分子切实伟大得多。现在如把这个认识向学校中的人说来，他们一定还是以为我脑子有问题，到我写出时，他们才会明白的。但也还是会像打扫毛房一样，即承认，自己可坚决不动手。这些人一般都认为是正常的，所以我就成为一个"莫名其妙"的人了。

秋天北京极明朗，天真好看。二表婶昨天回来，我们过了一个家庭联欢小会。五年中，也可说十七年第一次在小馆子叫了两盘菜。原来十七年前她是这天作新娘子。小龙长过我们半头了（简直在和葵花争高），二表婶还和十七年前村生叔叔所见一样精神，永远在动中工作，可是性情却有些静，把它调和起来。我们说笑话，将来小龙讨个媳妇可难对付。不怕婆婆，你动我偏不动，坐下来什么事不肯动手，只是学知识分子空谈，可糟糕。你一定想得到大家吃饭时的情形，告你笑笑。

广东的特点，你如不到北方，可不易叙述，能相互对照，自然景物和人事各种，就必然鲜明突出了。永玉将来还得到东北去走走，西北走走，看看云冈敦煌，和黑龙江的黑土，鞍山大铁矿，以及内蒙古包中的大小蒙古人，这一切对你们都需要，学画和文学全需要。可得先有个准备条件，即把身体弄好。你们两个都得在健康上也努点力。家中养了五个小猫猫，极有趣味，虎虎成天看着，如丈母看女婿一样。

并问安佳。

从文

一九五〇年九月十二日

加强学习，是爱国家一个条件。国家事情多，要一个人抵十个人用。要鼓励永玉多做点事，这也就是你的创作的一部分。我两年来写信能力全丢失了，不知可说得对不对。

从文。

①如下的话，引自《＜长河＞题记》

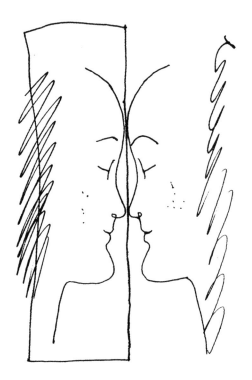

寂寞的时候，自己做自己的老师吧

指望明天的人，太善良了

我的存在好像奇迹

李辉前记

《我的存在好像奇迹》是一组沈从文自湖北五七干校寄给黄永玉一家的书简与诗，题目系我摘自沈从文书简所加。这组书简与诗，包括致黄永玉信一封，致黄家儿女黑蛮、黑妮兄妹信一封，随信附寄诗作三首。信从文化部湖北咸宁五七干校寄出，寄至黄永玉所在地中央美院河北磁县五七干校。题目为整理者拟定。

沈从文书简主要涉及两点：一是谈论自己写新格律诗的体会；二是对新写小说的情有独钟。

沈从文随信附寄的新格律诗三首均写于咸宁干校期间，题目为原件拟定，其文本与《沈从文全集》作品同中有异。其一《新见闻》，即全集所收《丹江纪事》（定稿）中的一部分，但诗句有较大不同；其二《喜新晴》，系全集所收《喜新晴》，个别字句不同；其三《挖砂场 红五连》，即全集所收《挖砂场上红五连》，个别字句不同。需要强调的是，与全集文本相比，在三首诗抄件上，沈从文加有多处注释，诗后还附简短跋文，值得一并整理出来，供读者了解和研究者参考，兼为全集补遗。

据沈从文信中所述，黄永玉曾致信建议表叔以小说来写"家史及地方志"。黄永玉回忆说，他没有想到，表叔在劳动之余真的开始动笔写出了长篇小说的第一章（即近年已公开发表的《来的是谁？》）。读沈从文信，可见他对这一题材和主题的偏爱。在写给黄永玉以及"两小将"的信中，他充分论述对以小说写历史、写故事的文学见解，自信但不免又有些忐忑不安，对能否完成小说，前景不敢乐观。在干校艰苦环境中，仍能不忘情于小说创作，如此兴致勃勃地拿起笔写一个家族的传奇，又一次证明了沈从文并非如人所说早已毅然决然地远离文学甚至忘掉文学，心甘情愿地从事古代服饰史的研究。非不为，实难为，也不能为也。构想中的史诗小说，因种种原因，只写了一个开篇就难以为继，黄家家族史和故乡风俗史无法完整再现了。于沈从文，于黄永玉，都是一大遗憾。

中国文坛又何尝不应为之遗憾，为之惋惜？

致黄永玉

（一九七一年六月七日）

永玉：

寄来几首小诗，主观上说，似乎倒还像五言诗，客观地看，可就未必能得什么一般人点首了。因为已极少有人懂五言要求标准。好在并不是像过去写小说要"出格"，也就可以望少受批评、犯错误。主要重在试试五言诗是不是还可以"古为今用"，达到一定效果（即赞美新社会新事物）。这当然不容易。因为新的写作还有个"人"的问题。"为谁服务"还比较好办，写出来，从作品本身即可明白，用不着另加解释。但同是这些诗，可能还得看人，是他可以受称许，是我或者就会犯错误。因为位置不同。所以当作一种"试验"或"试探"，不免得失互见，只给三五亲友看看，是比较合适的。大姑爹中外文底子极好，对旧诗特别有见地。在生前，我曾把在井冈山和在这里写的诗卅首，抄了一份给他，称许和批评，多恰如其分。特别是在字句的使用上，也能提得出轻重意见。可惜只病了十八小时，就故去了。大表伯更是看到我生长发展而永远支持我工作的一人。五十多年前在怀化镇（芷江）一个戏楼上，为肖吉美祖父焖狗肉，他教我作诗时，记得是看《随园诗话》，除了得肖称评有"老杜味"（我还以为是老包霉豆腐味）。大表伯当时即把我的诗收藏起来，可惜终于还是丢失了。隔了半世纪再寄这些诗给他时，却在他埋葬后第四天，大伯妈充满感情，把诗在上坟时烧了。倒真像是个故事。这种故事也近于古典的，此后不会有了。

像这么用传统古体章法来写五言诗，在国内，我可能是一个"殿军"了。这一点，是得到另外几个懂这一行熟人同意的。因为教旧诗的也不闻并搞实验。难的是还得善于用事，一切早融化在记忆中，不必临时查书，抓来即是，文字活泼自然，却又相当准确。有画面，也有音乐感。叙事并抒情，旧而新。六二年人民文学刊载《井冈山诗抄》时，拍手者似乎"大有其人"。因为相形之下，才觉得这一套杂耍，也还有点内容，而且出于熟人意料以外。其实十分简单，不过近乎把散文压缩到一定格式范围里，稍有变通而已。照理是还值得写下去，因为并不怎么费事，就可得到更多拍手。比起来，和我那用山东话朗诵的朗诵诗大弟子"诗人"大作，是不可以道里计的。但是仍然搁下来了。一搁又是十年。在这种不易设想的"超孤寂"村子里，又写了近卅首。已无公开机会，也像还是可以写下去。而且试从更多方式来表现客观种种。有时并且还自以为是用作曲法进行。如用二千四五百字，来写《由猿到人到红卫星上天》，真是设想大胆！但是却"成功"了，十分有感情，文字处理还恰当。特别是在历史分配上，从从容容，用不上二百字交代新旧石器时代，廿四史也只二百多字，集中在近百年，等于把

晚年沈从文

二馆合并后近四万米的陈列，试用二千来字作一"序曲"或一"总结"。一完成，想再作一首，即难以为继了。这就是"创作"。只能近于转机产生，不可能勉强凑合（即俗话说的可遇而不可求），得有种种条件，至少得毫无恐怖感来进行工作。若一面写，还一面老是提心吊胆的出差错，就不大可能进行再生产了。解放后廿年，有三件事极离奇：第一件不用说了。第二件是我并没有认识的陈赓将军（解放初是北京卫戍司令），找我去北京饭店，看了不少旧画，同吃了顿饭，说了不少安慰话。以为可再写作，还说他和凤凰人有密切关系，因为是在曾莘若身边作司书，保送入黄埔的。他知道我。当吃饭时，可能还有一个大名人（似乎五号以内）在场。第三是五七、五八年去上海参观，市委请客时，把我放在第一书记柯老身边："沈同志，你怎么不写小说？再写写吧。"后来才明白我在上海那几年，他也正在上海，所以我不熟他，他却知道我。而且十来桌客，安排座位是有一定道理的。但是始终没有写，可就不能怪我了。因为真的搞创作，总是全力以赴，一年写个廿短篇吧，至多有一两篇合格，已不错了。如今带点试验性写三五年，只要内中有二三篇不大协调，另一个大胆批评家大略一看，用不到一天时间，挑出其中一二篇，写个三四千字，即可否定得一文不值。若老记住这么一个新规律，哪里还会写得出好文章。所以廿年（前）初期。尽管有这么三件奇遇，还是老老实实搞我的花花朵朵，坛坛罐罐。不求有功，免过而已。其实担子比写作重，难得多，不意虽免大过，还是难免小过。时变一来，又有点前功尽弃趋势。现在人老了，小过也能避免就好。但在孤寂中有时依然还不免忧从中来。在既不明白客观现实，也不明白自己能做什么情形下等待。

照你前信建议，试来用部分时间写点"家史并地方志"看看，让给你们一代和妮妮红红等第三代，也知道点"过去"和怎么样就形成"当前"，以及"明日"还可能带来的忧患。一切其实都有个因果联系。试写第一章，即引起了忧虑，是不是宜于让妮妮等看到？连自己也不大敢想下去了。因为求减轻读者情绪上沉重压力，将在叙述中加点"中和剂"，使得看来轻松一些。但这个引子，你那么大人看来，也就会吃一惊，"这可是真的？""主要点就是真的。"好在这以下不是重点，重点将是近百年地方的悲剧和近似喜剧的悲剧，因为十分现实，即有近万的家乡人，已在这个历史过程中死光了。你我家里都摊了一份。

我们其所以能存在，一半属于自己，一面则近于偶然。特别是我的存在，好像奇迹！因为一切学习过程，就近于传奇。所以你的建议还是对的。以下写去，将研究如何写，效果会好些。大致前五章易处理，因为假定第一章是"盘古开天地"说起。（史书上没提到，而从近年实物出土写下去。）第二章将是二百年前为什么原因如何建立这个小小石头城，每年除公家"改土归流"兼并了所有土地，再出租给苗民，到处都设有大仓库收粮。省里还用十三四万民两经营。这么个小小地方还有个三品官，名叫辰沅永靖兵备道，兼管辰州沅州两府所属十多县！第三章、四章即叙述这么一个小地方，为什么会出了三四个总督（等于省长），四五个道尹（比专员大）或镇守使（等于师长）？随后还出了个翰林、转而为辛亥后第一任总理。另外又还出了大约两个进士（比大学毕业难）、四五个拔贡（比专科毕业难）、无数秀才，四五个日本士官生，上十个保定生，许多庙宇，许多祠堂。第五章叙述辛亥以前社会种种。假定可写十六章到廿章，前五章这么分配是恰当的。或许有两件事难以完成，一是我人七十岁了，在偶然事故中二十四小时内即将步大姑爹大表伯后尘，可能性完全存在。因为心脏高血压已到一定程度，近年半夜已起始咳"半声嗽"。（过去以为是"干痨"，现在明白是心脏血管关闭失灵，心血退回侵入肺部。）若进入第二期，将出粉红血沫，并声哑。第三期即完事。加上地下太湿（吃的倒蛮好，住的可湿得邪乎），两手风湿骨节疼已日益升级，右手已起始有点拘挛失灵。其次即今冬明春可望回去，如安排了未完工作，都会影响这一工作的继续。比较起来，当然还是即早能回去好。因为气候干燥些，冷热变化不那么剧烈，容易维持体力。这就得看"风向哪边吹"了，自己是无从做主的。动不了，即和搞田地活差不多，尽人力而听天命了。但如果是在此还能写得出近似"红卫星上天"规模较大叙事诗十来首，还是算得不辜负七十岁后余生。因为到一定时候，还会有人点头认可的。我自己可看不见了。房子太湿霉，还得想办法不变成"霉豆腐"就好。

好的是心情永远不衰退，这也就是能活下去原因之一，不是"主要"的，但是"重要"的。所以人来看我时，总的印象是"我还乐观"。事实上正因此桌子上才堆满了写的不少已完未完的什么。还有个"谈书法发展"的五言诗，也有二千来字（内容不一般化，因为部分是地下新发现材料，谁也不明白），你读来或许还有趣味，这两天当为抄一份来。

这里最舒服事，即有了这种格子稿供应，一毛八分笔也还得用，又恰好拾了个旧方石砚。三者给了我便利不少！

便中问候可以问候的熟人好。

从文

六月七日

寄来那个"北方志"引子，和给蛮蛮二人的一信，你研究看看，不妨事，即寄给他们。不大相宜，即留下或寄还，且等待写到第六章时，再一同给他们看好。也许到了廿岁以后，才有资格看看，你斟酌好。

可惜是两个已发表部分未完成稿，都利用得上，这次全毁了。一个叫《芸庐纪事》，一个叫《雪晴》，都极重要。后者记高枧杨子锐和满家兄弟不同的死亡，前者记抗日后你我两家情形，和见到听到的许多事。拟写的地方志中辛亥以前一部分，就是卅八年冬，在芸庐听滕文卿伯在烟盘旁谈起的。（这个穷秀才笔下极好，人极潇洒有趣，诗字都在行。青年时在沈、田、刘、张、滕、阙诸公子间，近似"应白爵"身份，但实在正派。后来作过几任县长，田应诒陈渠珍下作秘书长，找了点钱，随时即花销了。脾气极好，和田应诒、张二少、我爸爸似把弟兄，临老却讨了个卅多岁土娼，会唱各种小曲子，拉拉文卿伯胡子，老的却蛮舒服。人其实也顶可爱，无机心，脸宽宽的麻阳婆，极大方。有相当长时间住在芸庐楼下，和你父亲一道靠灯谈天。因为是父执辈唯一的老人，云六对之极恭敬。）现在大处还能回忆，写出的却难重写了。因为文字已不如当时讲究。《雪晴》一共发表片断四五章，有一二章写雪景乡村似乎比《边城》中章节还美，完全如画画，我是在十月到十二月住在那个十分美丽小村子里的。至今还记得清清楚楚，满家大院中一株大胡桃树。后来却闻主人在病时被附近田家来报仇，把他砍成十多块，挂在树上，呼啸而去。只剩下个女儿，迁住城里，到了八九岁，随同母亲去茶叶坡上坟时，又被那田家人追到坡边砍掉。这就是家乡事一件。前不多久，这里还有个熟人，因随过勘探队剧团到过湘西，受过大表伯热情款待，到过州上十来县，还以为凤凰文化最高。他可完全料想不到我们是在什么环境下长大的！

致黄黑蛮、黄黑妮

（一九七一年六月一日）

二小将：

　　这是七一年儿童节一个礼物，正是你们脱离了"儿童"时期，需要读《三国演义》、《西游记》和《天方夜谭》时，特意为你们一代写的。能用看这些书的心情来看最好不过。可是得事先约好，在任何情形下都不许哭，至于觉得可笑，却应当大笑！因为这是过去的"家史"和"地方志"的混合物，是近百年事件，新的社会决不会有这些事情发生了，也希望你们不会有我们那么多痛苦经验见闻！

　　照目前估计，大致约十天半月可写成一章，要一二年才能完成。有不有这么多时间可用？不易事先知道。初稿读者必需有个一定范围，以我们两家人为主，不宜给另外人看。不是什么保密，是不必要。因为目前只能从叙述出发，观点立场不一定把握得住。还得有多次改动，而且并不想出版。《红楼梦》和《镜花缘》的流行也就全是"抄本"。我这个若完成得了，至多可能先印些复本，免得忽然在意外事故中毁去。兹看眼上将尽可能求"真实"！（也只是大事的真实）才可望成为"地方志"和"家史"的混合物，有"史"的意义或价值，但是有些事情，或年渊代远，回溯过去，过于枯燥。涉及现实又过于沉重。我还得想办法加点"中和剂"，写得轻松有趣一些易于接受也易于消化。这就要经过些不同试验，改来改去，因此每一章就得重抄三五次了。要加工又不失本意，当然难些。所以这个引子，抄过四次，就是三万二千字，因此以后十天半月能否完成一章，还不大敢保证！

这是由于你爸爸的建议而着手的，所以就把你一家作个引子，结束可就不免太惊人了。尽管当小说写，我算定还是会令一家人大吃一惊，特别是小黑妮，因为和《红灯记》上那个姑娘差不多，从来不会想到自己的姓还有问题！

有些旧事，我自己温习写来也还会有些感到紧张的。主要希望是能成为后一代一本"特别教科书"。还能从中得到一些知识，属于乡土背景的历史知识。许多事在家乡虽已成为"过去"，对我们一二代，或多或少还会影响到性格、生活、工作和思想方法，以及当前、明天的忧患。有好处也有坏处。对你们第三代，则希望能成为一种向前进取的力量。这希望可能大了些，未必能办到。但如善于学习，总还是有些益处，不下于《西游记》、《镜花缘》、《天方夜谭》。文字的处理和叙事方法，或者对你们也会有一定启发。虽然已近于古典的白话文，还是像有些新的东西。这稿件要想法好好保存，因为只有那么一份，我已无精力重抄。（又还有另一份工作待完成，分量重。）今年七十岁了，能不能把这两件事完成，已不大有自信心。可以当作小说看，可并不是一般"小说"！

爷爷

七一年六一

诗三首

1.新见闻

我曾游丹江，参观建设新。

水坝置二山，巍巍如巨人。

民工四十万，日夜忘苦辛。[1]

红旗如海涛，竞赛立功勋。

计时争分秒，得在洪水前。

流汗继流血，建设亦战争。

回路经南阳，道路如砥平。

---

1. 时大水坝犹未完工。

公社生产增，猪羊各成群。

刘秀旧家乡，犹多如山坟。[2]

上有牧羊童，衣裤一崭新。

试问诸葛庐，微笑不作声。[3]

史事逾千载[4]，早已付烟云。

不如川蜀间，犹裹白头巾。[5]

丞相旧祠堂，遗址尚可寻。

蜀中多伟迹，盐井千丈深。[6]

灌县分江流，溉田百万顷。[7]

---

2. 东汉初云台廿八将，不少坟墓在南阳。

3. 刘禹锡《陋室铭》"南阳诸葛庐，西蜀子云亭"。

4. 事逾二千载。

5. 四川习俗头裹白巾，以为纪念孔明。

6. 汉以来就已如此，新出汉刻砖有样子。

7. 素写郡太守李冰。

剑阁辟栈道，开山传五丁。[8]

旧事已陈旧，新事将更新。

思经成昆路，领会功程艰。

传闻千里远，尽绕高山行。

桥梁与隧道，将及一半程。

人间创奇迹，功归铁道兵。

战胜大自然，世界属青年。

七一年春双溪区里斗室中

（二百卅字）

---

8. 蜀王本纪。

2.喜新晴

久病略有好转，闻虎虎亦有肾病。杜甫有老马诗，试原其意有作。

寒风吹秋草，岁暮客心生，

老骥伏枥下，千里思绝尘。[1]

已非驰驱具，难期装备新。

真堪托生死，杜诗寄意深。[2]

踯躅近愚拙，厚禄难如心。

卫国思流血，献曝表微忱。[3]

间作腾骧梦，偶然一嘶鸣。

万马齐喑久，回首转自惊。[4]

---

1. 曹操诗。

2. 杜诗为"真堪托死生"。

3. 病中仍不忘工作有一交代。已近于野人献曝，只能说用意还好而已。

4. 上用龚定庵诗。

天时忽晴朗，蓝空卷白云。

佳节近重阳，高空气象新。

不怀迟暮叹，还喜长庚明。

亲旧远分离，天涯见此星。

独轮车虽小，不倒永向前！

（叶勤字）

七〇年十月，双溪丘陵高处，于微阳下散步，稍有客思。云六、真一二兄，故去已经月矣。五十年学习，多由无到有，总得二兄全面支持。真一兄对于旧诗鉴赏力特别高，凡繁辞赘语以及词不达意易致误会处，亦能为一一指出得失。大哥处则廿四诗寄至家乡时，已入土数日，大嫂因焚之于坟前。死者长已，生者宜自励。后用十字作结，用慰二兄，并寄东西南北，亦自勉也。计百卅字

3.挖砂场 红五连

好五连有四好班，征服自然信心坚。

挖砂场中手脚快，心热不怕天气寒。

灰泥和砂才粘实，工作长在大湖边。

鸢飞鱼跃天地阔，背景清夏十里莲。

连长还兼司务长，久停诗华抓思想。[1]

同争改造勤学习，真理永远贴心上。

老弱青壮齐努力，黄忠罗成把袖攘。

凡事争取作标兵，克服困难学、用、讲。

反帝防修千年业，五七指示明朗朗。

---

1. 李季。

滴水穿石在坚持，织布来自蛛结网。

新兴事物难尽言，壮丽宏图非空想。

试看天上红卫星，七亿人民齐拍掌。

七〇年春湖边寄住时二表婶即在此连，冰心有二三月在彼

世尊老夫子他怎么也老了

二〇九年卅月廿六日拾耕社廊黄永玉

图书在版编目（CIP）数据

沈从文与我 / 黄永玉著. — 长沙 : 湖南美术出版社, 2015.3
ISBN 978-7-5356-7181-3

Ⅰ. ①沈… Ⅱ. ①黄… Ⅲ. ①回忆录-中国-当代 Ⅳ. ①I251

中国版本图书馆CIP数据核字（2015）第055256号

出 版 人：李小山
作　　者：黄永玉
编　　者：李　辉
策　　划：李　辉　熊　英
责任编辑：刘海珍　莫宇红
特约编辑：秦　青
营销编辑：杜　莎　刘　健
责任校对：李奇志
装帧设计：造书房　田　飞　张丽娜
版式设计：朱金杰　朱　俊
出版发行：湖南美术出版社
　　　　　（长沙市东二环一段622号）
经　　销：新华书店
印　　刷：北京天宇万达印刷有限公司
开　　本：889×1194　1/32
印　　张：8.5
版　　次：2015年4月第1版　2015年4月第1次印刷
书　　号：ISBN 978-7-5356-7181-3
定　　价：39.80元